SHANGHAI LITERATURE & ART PUBLISHING GROUP

故事会
精品系列

奇人奇事

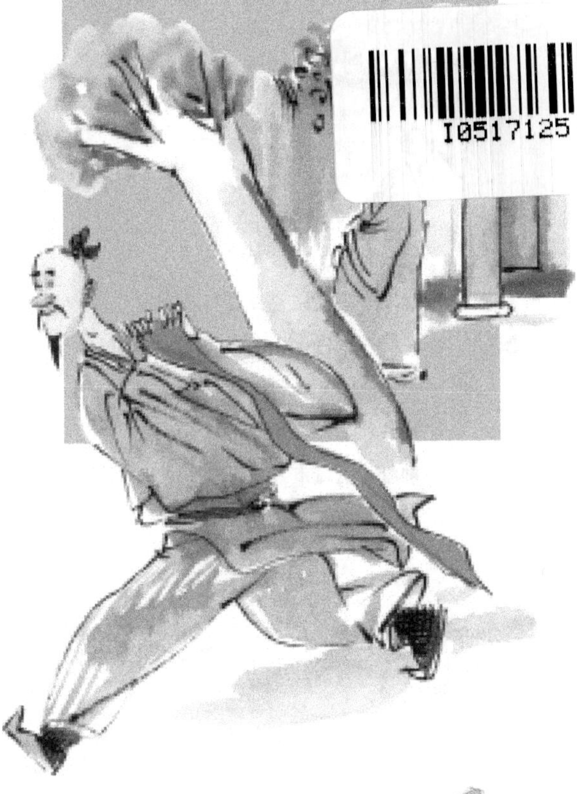

I0517125

 上海锦绣文章出版社
上海故事会文化传媒有限公司

上海文艺出版（集团）有限公司

图书在版编目 (CIP) 数据

奇人奇事 《故事会》编辑部编 – 上海：上海锦绣文章出版社
（故事会精品系列） ISBN 978-7-5452-1013-2

Ⅰ.①奇…Ⅱ.①故…Ⅲ.①故事 作品集 中国 当代 Ⅳ.I247.8

中国版本图书馆 CIP 数据核字 (2011) 第 207720 号

丛 书 名：故事会精品系列

书　 名：奇人奇事

主　 编：何承伟

编　 委：何承伟　　吴　伦　　姚自豪　　夏一鸣

责任编辑：刘迎曦　　鲍　放

装帧设计：王　伟

责任督印：张　凯

出　　　版：　上海锦绣文章出版社

　　　　　　　上海故事会文化传媒有限公司

POD 海外发行：　中国图书进出口上海公司

　　　　　　　电话：021–36357888

　　　　　　　传真：021–36357896

　　　　　　　地址：上海市虹口区广中路 88 号

　　　　　　　邮编：200083

目　　录

亘古奇闻

拍掌称奇

千奇百怪

大千世界无奇不有，人与动物之间也会发生心灵的碰撞。它形迹诡秘，变幻无常，其举动更是令人叹为观止……

　　小亮的曾祖父在当地是个好猎手,背阔胸宽,身材高大,特别是那双炯炯有神的眼睛,给人留下了深刻的印象。

　　那年,有一天晚上,小亮的曾祖父多喝了点酒,他对邻居们夸海口说,今晚要独自上山去逮两只狼崽回来,给大伙儿下酒喝。说完,就真扛上猎枪,戴上狗皮帽,摇摇晃晃地上山去了。

　　此刻,山上的大森林里黑魆魆的,寒风像鬼叫似的一声响过一声。曾祖父走进大森林,忍不住打了个寒噤,酒顿时就醒了大半,他突然意识到,现在如果碰上一只熊瞎子,不死也只剩半条命,于是拔脚就想走。可是刚一转身,他就发现不行:自己海口都夸下了,真要空着两只手回去,岂不让邻居们笑掉大牙? 没办法,只得硬着头皮磨磨蹭蹭往前走。

　　曾祖父一边走，一边寻觅狼的踪迹，可是很遗憾，大半夜过去了，他连一根狼毛也没有找到。他觉得很累，于是就靠着一棵树坐了下来，打算歇会儿，养养精神。

　　没想就在这时候，曾祖父听到从树背后传来一阵轻微的鼾声，他觉得奇怪，就悄悄起身，端起猎枪轻手轻脚走过去，想弄个究竟。由于天黑，他用随身带的火镰点燃了一把枯枝，在火光映照下，发现树后面有一个天然的岩洞，朝洞里一探望，一堆枯枝中偎依着两只才出生不久的小熊，胸口一起一伏的。

　　曾祖父心里不禁一阵狂喜，连忙摘下头上的狗皮帽，把这两只小熊从洞里掏出来，放进帽子里，快步下山去了。

　　回到家里，曾祖父立刻用米汤来喂这两只小熊，可小熊不会吃，饿得"嗷嗷"乱叫。曾祖父想起家里那只大黄狗刚下了崽，马上将小熊抱到狗窝里去，让它们去吃大黄狗的奶。

　　第二天，邻居们都来小亮家看热闹，曾祖父虽然没有逮到狼崽给他们下酒，可这两只熊崽也够让大伙儿吃惊的了，大家从此对小亮的曾祖父越发佩服。

　　话说这两只小熊，吃着大黄狗的奶一天天越长越大，一年以后就长成了两只半大黑熊。不过，它们完全不同于以往森林里的黑熊，不但长相可爱，而且性格极其温顺，每天一前一后地跟着曾祖父上山，只要曾祖父手里的猎枪一响，这两个小家伙便会机灵地上去把曾祖父俘获的野物叼了来，它们撒欢似的来回跑着，还用脑袋去拱曾祖父的腿，用嘴去舔他的手。往往这个时候，曾祖父就会用他粗壮的大手去抚摸这两个小家伙的脑袋，奖励它们一块肉啊什么的，这两个小家伙于是就兴奋地互相追逐嬉戏，高兴得满地打滚。

　　一晃，又过去了半年多。这天早晨，曾祖父又像往常一样，带着这两只小熊上山。走到半山腰的时候，他听到从不远处传来一阵树枝"沙沙"作响的声音，正愣神的当儿，猛地就蹿出一只大黑熊来。曾祖父惊出一身冷汗，立刻机警地闪到一棵大树后面。

但是很奇怪，那大黑熊并没有朝曾祖父扑过来，而是盯着那两只小熊看，当它们目光相视的时候，大黑熊浑身的毛突然竖了起来，喉咙里发出一声沉闷的吼叫。两只小熊一开始看着大黑熊的时候很紧张，浑身的毛也竖了起来，可只一会儿，就听"嗷——嗷——"大黑熊突然就朝两只小熊叫起来，眼睛里充满了无限的柔情，两只小熊只愣了片刻，就立即"嗷——嗷——"地应和着朝大黑熊跑去。

可就在这个时候，曾祖父手里的猎枪响了！只听"轰"一声，伴随着山林的震动，一团火焰从曾祖父的猎枪口喷出，直扑大黑熊的脑门。刹那间，大黑熊脑门上就喷涌出一股鲜红的血柱，"嗷——嗷——"大黑熊惨叫着，跌跌撞撞地要朝曾祖父扑来，可没走几步，就"通"一下栽倒在了地上。

一时间，山林里静得可怕，两只小熊惊呆了，好像突然被钉在地上，身子一动也不动，只是目光呆滞地看着倒在地上的大黑熊。也不知过了多少时候，它们好像是回过神来了，一反常态地用狐疑的眼光盯着曾祖父。

曾祖父突然醒悟过来：被打死的大黑熊，一定就是这两只小熊的母亲！他意识到大事不好，想拔脚跑，可是已经来不及了，那两只小熊在一声怪叫之后，就一起朝曾祖父扑了上来。

曾祖父的脸被两只小熊重重地击了一掌，顿时就两眼发黑，一个踉跄倒在地上，什么也不知道了。最后，他是被大伙儿抬下山的，脸上血肉模糊，一只眼球已经被打飞了。

以后，这两只小熊再也没有回来过，曾祖父也再不上山打猎。只有这个故事留了下来，在小亮的家族中传了一代又一代。

（李文燕）

（题图：施其晨）

秦岭轶事

　　秦岭山区有很多地方是苍翠深邃的原始森林，那里地形险峻，人烟稀少，经常有豺狼虎豹出没，甚至传说还有野人出现。下面这个故事就是流传在当地的一个传说，人们在津津乐道之余，其实至今也无法弄清其真伪。

　　秦岭山区南部山谷里，有一个小村庄叫石湾子，它紧靠原始森林，所以村子周围到处是茂密的丛林和陡峭的山崖，几乎与世隔绝。村里十来户人家全靠打猎为生，当家的男子汉个个都是狩猎能手，最有名的当数住在村西头的老猎手王富根。

　　王富根早年当过兵，走南闯北见过很多世面，狩猎经验非常丰富，村里每次集体出猎都由他带领，他还给大伙儿划分各自安放炸包和套子的区域，以免发生人畜误伤，大伙儿也愿意听他的。

这天,石湾子十来个身强力壮的年轻人又和王富根聚在一起商量出猎的事。此时深秋时节,正是出猎的好时候,但到底去哪里,大伙儿却各有各的主张,所以七嘴八舌议论了好半天,也没个统一的意见。最后还是王富根一锤定音,说:"我看这次我们还是去大青沟吧!记住,大家一定要齐心协力,遇上群狼要集中火力对付,千万不要自个儿独闯。好了,大家赶紧分头去准备吧!"

王富根在年轻人中间威望极高,所以他说去大青沟,谁也没有意见。可待大伙儿散了之后,他却突然长叹了一声,随后就来到屋后面的荒草坪上,在一座坟头前默默地发起呆来。原来,这里埋着他的两个最亲的亲人:妻子桂香和儿子虎儿。

那是十年前春季的一天,王富根在离村子五里外的山坡上开荒地,当时日头正当顶,王富根被晒得热汗直流,眼看都过了正午时分,仍不见妻子桂香的身影,心里便有些纳闷。因为往日这个时候,桂香早背着刚满周岁的虎儿把饭给他送来了,今天这是怎么啦?王富根越想越不放心,忍不住就扔下锄头急急忙忙往家里赶。

谁知他走到离村子还有两里路的一片树林里时,突然发现石头后面的草丛里有个东西,走近一看,原来是自家的竹篮子被倒扣在那里,粗瓷大碗摔在一边,碗里的饭撒了一地。王富根心里一阵惊栗,再仔细察看,发现草丛里有殷红的血迹,旁边土埂上赫然印着许多狼脚印。他的心顿时抽紧了,再察看下去,草丛里还散着一只小鞋和一根长长的布腰带!那不分明是虎儿的鞋吗?鞋面上绣有一朵小小的桂花;而那根腰带,是桂香每天用来背虎儿的。难道……王富根脑海里闪过一个可怕的镜头,他发疯似的喊起来:"桂香——虎儿——你们在哪里——"

后来,村里人几乎踏遍了村子周围的每一条荒沟野岭,钻遍了每一个山洞，整整在山里找了三天，才终于在大青沟的一个山头上发现了带血的白骨，还有桂香和虎儿身上的衣服碎片。看到这触目惊心的一幕，王富根绝望地一头栽倒在了地上……

从此，王富根咬牙发誓：一定要杀光山里所有的狼，为桂香和虎儿报仇。他每天都带着猎枪穿山越岭，追寻狼的踪迹，还在山上四处安放捕狼的炸包和套子。这些年来，他已经不知道自己究竟打死了多少只野狼，套住过多少次猎物，甚至有一回他还只身一人打死过一只土豹子。总而言之，王富根把心里的一切仇恨都喷泄在这些野兽身上。

大青沟是王富根心中永远的痛，明天就要再上大青沟去了，王富根浑身的血液都在沸腾，他握紧了拳头，在心里对桂香和虎儿说："你们娘俩明天就看我的，我绝对不能让你们失望。"

王富根就这么痴痴地在妻儿的坟头前坐了一夜，第二天一大早，便带着年轻的猎人们来到了大青沟。他们在一处非常隐蔽的地方搭起一个帐篷，然后按照分工区域，大家分头埋炸包的埋炸包，安套子的安套子。

干完这一切已经是傍晚了，可就在这时，大家突然发现王富根不见了。

原来王富根埋炸包的地方在一条溪边，埋的时候他突然发现有一串狼脚印从溪边一直往远处的山梁延伸，他报仇心切，此时根本就把出发前对年轻人的嘱咐抛在了脑后，一个人急急地循着狼脚印追踪上去，直到回过神来，才意识到自己已经远远离开了大家。

此时日已偏西，血红的夕阳给本来已是红彤彤的群山再洒下一片胭脂色，眼前的大山看上去就像一片燃烧的火海，那些红树叶在晚风中不停地随风轻摇，就像火苗在蹿动。王富根突然肚子里"咕咕"直叫，他这才想起自己上山后还没有吃过一点东西，于是便坐下来，从干粮袋里掏出一块黑红色的烤猪肉和一小葫芦酒，准备先把肚子填饱，好赶紧循原路回去和大家会合。

可谁知，他还没将掏出来的东西吃上一口，突然看到前面不远处的草丛里出现了两个闪着绿光的小亮点，眨眼工夫，就从那里"呼"地蹿出一只大灰狼来。王富根浑身一激灵，立即把手里的烤肉和酒葫芦一扔，端起猎枪就准备射击。可此时，只见草丛里又一动，又蹿出一只狼来，而且随着四周一片响动，从各个方向不断涌出一只只牛犊似的恶狼来。王富根惊出一身冷汗，知道自己碰上了群狼。

只瞬间工夫，就有几十只狼从四周慢慢向王富根逼近过来，它们眼睛里闪着凶残的光，王富根只感到一阵阵寒意爬上脊梁骨，不由一连打了好几个冷战，心里突然涌上一阵从未有过的恐慌。平时遇上几只狼，王富根连眼珠子都不会眨一下，可现在一下蹿出几十只狼，王富根纵有天大的本事，也难以逃脱这灭顶之灾呀！

这时候，群狼的包围圈越缩越小，离王富根只有三四米了，一只领头的恶狼突然长长地叫了一声，其余的狼便开始蹿跃起来，显然它们是要向王富根发起进攻了。

怎么办？王富根此时根本就没有什么退路，情急之下，他举起猎枪，"砰"一枪就朝头狼打去。王富根原准备先把头狼解决了，这样可以打乱群狼的阵脚，可不知怎的，向来百发百中的他，这一枪竟然走了眼，他不禁心底一凉：今天真是出鬼，怎么连子弹都不长眼了？

于是，在王富根刚才一声枪响、群狼齐齐后退了几步之后，随着头狼又一声低沉的吼声，离王富根最近的左右两只狼便张开血红大嘴，伸出利爪向王富根飞扑过来。

王富根不得不以死相拼，就在两只恶狼即将扑到他胸前的一刹那，他猛地挥起猎枪，先将枪托朝左边那只狼的头上砸去，然后又以极快的速度向右边那只狼斜插过去。只听"噗"一声，猎枪的枪管直直地戳进那只狼的肚子,左右两只狼同时摔落在地上,惨叫着打了几个滚之后就没了喘息。

初战告捷,可王富根丝毫不敢松懈,刚才与恶狼交手时,他的膀子已被撕破,此刻血水正从伤口里"滴滴答答"地往下掉,惨白的脸上渗出了细密的汗珠。

然而,两只狼的死并没有把群狼吓退,它们向王富根发起了更凶猛的进攻,又有五六只狼疯狂地朝王富根扑过来。王富根大吼一声,使出浑身解数,一边灵活地躲避,一边挥着手中的猎枪向四周猛扫,只听群狼的嗥叫声不绝于耳,前面的倒下了,后面的又扑上来。

王富根拼尽全力与恶狼周旋,尽管被他打死的狼已经倒了一地,可是他自己浑身上下也已经被恶狼抓伤,感到越来越力不从心。此时,他正想让自己喘口气,突然从身后又蹿出一只狼来,狠狠地在他的左腿肚上咬了一口,王富根疼得"哎哟"一声跳起来,猛一转身,使出最后的力气,将手里的猎枪朝这只狼砸去。只听"咔嚓"一声,那狼的脊梁骨被击断了,惨叫几声就送了命,而王富根也终于因为站立不稳跌坐在了地上。

谁想就在这个时候,凶悍的头狼伺机朝王富根扑了过来,它将两只前爪搭在王富根的肩上,一下就把王富根扑倒在地上,然后张开血盆大口,猛地朝王富根的喉咙咬下去。完了!王富根两眼一闭,他再也没有力气抵抗这只狡猾的头狼了。

可让王富根万万想不到的是,就在这千钧一发的时刻,只听"呼"一声,不知从哪里横扫过来一根手臂粗的木棍,"叭"打在头狼的脑袋上,这一棍既准又狠,那头狼立刻像油条泡汤般瘫软在地上。王富根从惊恐中清醒过来,睁开眼睛一看,立刻被眼前这奇特的一幕惊呆了:一个浑身长毛的小怪人,手里握着一根棍子,正朝那一大群狼吼叫着,像是在对它们训话似的,然后群狼就一起迅速向山坡下一片浓密的树林子里跑去,不一会儿就消失得无影无踪了。

这是怎么回事？王富根朝那长毛的小怪人一看，不禁"啊"一声吓得惊叫起来。这是一张多么恐怖的脸啊，脸上长满了黄毛，一张大嘴向前凸出，嘴角露出两颗尖尖的獠牙，两只耳朵耷在两旁，只有那双眼睛像人似的，闪着和善的光。再看它身上，浑身上下也长满了毛，腰间还围着一块布。王富根心想：它为什么要在腰里围块布呢？用来遮丑？莫非自己碰上传说中的野人了？

这时候，又一阵"忽啦啦"响，从前面松树林里突然走出一个白发苍苍的老人，他走到王富根面前，一边拍拍那小怪人的肩，称赞道："好样的，你又救了一个人！"一边微笑着对王富根说："老弟，受惊啦！"

王富根此时正惊魂未定，老人的到来才让他安下神来，他一边客气地回敬说："不打紧，不打紧……"一边就想站起来，可是一阵剧烈的疼痛，他忍不住叫出声来。

老人急忙一把把王富根按住，然后打开随身药箱，给王富根伤口上敷上草药，仔细包扎好。让王富根不敢相信的是，那个小怪人一直在旁边做老人的帮手，对老人的每一句话都"言听计从"。

忽然，王富根眼睛一瞪，几乎又要叫出声来，因为他发现，小怪人的左耳边长着一颗豆大的黑痣。他颤抖着拉过小怪人的手仔细看，当看到毛乎乎的右手掌下侧小手指旁边，又长着一根细小的手指时，他一把抱住小怪人老泪纵横地大喊起来："你是虎儿，你一定就是我的虎儿！"

老人惊呆了："老弟，他是和狼生活了五六年的狼孩，咋会是你的儿子呢？"

"不！"王富根急切地对老人说，"你看，他右手有六个指头，左耳边有颗黑痣。是的，他是我的虎儿，我不会认错的。"

王富根由于兴奋异常,竟晕了过去,苏醒过来时,人已经在帐篷里了,是大伙儿在山冈上找到他的。见王富根终于醒过来了,大伙儿总算松了一口气,纷纷问他:"大叔,你不要紧吧?"

王富根望着众人,点点头说:"不要紧,大叔死不了。"他一边回答,一边眼睛却四下找,"虎儿,我的虎儿呢? 我的虎儿在哪里?"

大家刚才已经听老人讲了关于虎儿的事,于是赶紧让老人把虎儿带过来。虎儿也似乎明白是怎么回事了,任王富根拉着他的手,那样子真像一对久别重逢了的父子。

原来,十年前桂香和虎儿遭遇狼祸之后,桂香当场就被狼咬死了,而虎儿却被狼叼进深山,被一只母狼当作狼崽子喂养。于是虎儿后来就变得和狼一样凶悍灵敏,他虽然是人,但生活在狼群之中,渐渐就具备了和狼一样的习性,能跳能跑,能抓能攀,后来甚至连头狼有时候竟也听他的指挥。

那一年,有一天虎儿正在深山里与一大群野猪搏斗,因为寡不敌众受了重伤,就在这时候,这个长久生活在深山里的老人采药经过那里,用手中的猎枪救下了他。当老人发现虎儿其实是一个人之后,便带着他一起生活,教他直立行走,训练他讲人话,用两只手干活,吃烧熟了的东西等等。然而虎儿学会了其他,唯独就是学不会说话……

大伙儿一边听着老人的述说,一边连声感慨:虎儿被狼叼走成了狼孩,竟又能在这荒山野岭中与亲生父亲再次相认,这真是天下奇闻呀!

据说从这以后,王富根彻底抛开了猎枪,再也不进山打猎了,终日和虎儿在一起,安度晚年。

(陈世君)

(题图:张恩卫)

为羊看门的狼

说起狼这东西，既凶残又狡猾，它们有头领，有组织，有纪律，一旦行动起来，群狼一拥而上，舍生忘死，大有不达目的誓不休的气概。人常说"团结起来力量大"，这条经验不知怎么被狼学了去，而且运用得非常有效，因此在人与狼的对抗中，尽管人有各种弓箭、猎枪和牧羊犬，但仍有不少羊死于非命。

狼在集体行动之前，通常由独狼出去打探目标。别以为独狼势单力孤好对付，俗话说："独狼奸，窝狼凶。"独狼一般都是狼头儿，也叫头狼，它的胆量、智谋和本领都要高出众狼一筹，活动范围也不会离群狼太远，如果发现攻击目标或自己遭遇敌害，它往往就把嘴往地缝里一插，发出一声刺耳的尖叫，群狼闻讯便会立刻蜂拥而至。这时，独狼就站到高处纵观全局，指挥群狼或进或退、或攻或守,还真有点指挥若定的大将风度。

一代又一代的独狼,就是这样率领着一代又一代的群狼,在草原上生存繁衍。不过,它们做梦也不会想到,它们有一天也会被人利用。

这天,有只独狼出来觅食,它绕着草原上的一个居民点转了好几圈,也没找到下手的机会,回去路上饿得背脊贴肚皮,连走路都没了精神。这时候,忽然随风飘过来一阵肉香味儿,它精神一振,赶紧寻着味儿找,嗬,在草丛里发现了一大块肉。

一见肉,独狼的口水流出来了,可是刚要下口,忽又打住了,看看四周,听听动静,确信没有埋伏,这才扑上去张嘴。谁知它刚要把肉咽下去,却又被咸得龇牙咧嘴地将肉吐了出来,心里不禁大为扫兴:好好一块肉,放这么多盐干吗?

其实独狼不知道,这是人特意腌的肉,是专为捕捉狼准备的。独狼有心不吃,可再一想:天上掉肉有几回? 我身为头领,如果连这点咸味儿都受不住,还怎么为部下做表率? 加上此时它肚子又饿得"咕咕"叫,于是就忍不住硬着头皮重新把这块腌肉咬进了嘴里。

不料还没完全咽下去,独狼就觉得肚子里在蹿火,嗓子里在冒烟,便炮开蹶子跑到河边,把嘴插进水里,"咕咚咕咚"一阵猛喝,直喝到肚子胀痛才住口。可是刚喘过一口气来,它忽然又觉得嗓子里渴得难受,于是就又把嘴插进水里。如此三番四次,独狼的肚子胀得连站立都困难了,一歪身就躺倒在了河滩上,四脚朝天,像只被吹了气的肥猪,难受得龇牙咧嘴的,心里直后悔。

这时候,突然从旁边草丛里传来"沙沙沙"的脚步声,独狼循声望去,啊,一个牧羊人正扛着猎枪向它走来。独狼挺挺身子,想起来和猎人格斗,可浑身没有一点力气,不要说起来了,就连尖叫一声呼唤群狼的劲儿都没有,只好眼睁睁地让自己被牧羊人活活捉了去。

消息传开,第二天,群狼就在牧羊人的圈棚前摆开了决战的架势,它们断定它们的头领已经被牧羊人剔骨扒皮了,所以个个悲从中来,在临时头狼的指挥下,决心与牧羊人拼个你死我活,为头领报仇。

然而令群狼疑惑不解的是,它们"大兵压境",而牧羊人家的圈棚前竟没有一丝"刀出鞘、箭上弦"的紧张气氛,相反是羊圈门大开。群狼虽然没有看过《空城计》,但断定这不是什么好兆头,临时头狼考虑再三,决定率领群狼破釜沉舟,将牧羊人一家连人带羊一起拿下。

于是,临时头狼一声令下,群狼顿时一哄而上。可是随着一声嘶哑的怒吼声,只见它们原先的头领,就是那只独狼,脖子上拖着铁链,突然从牧羊人圈棚里蹿出来。群狼一时大惊,一个个都戳在那里愣住了。

只见独狼一会儿朝它的部下横眉怒目、声色俱厉,一会儿又摇头叹息、潸然泪下,似乎是在向它们训斥着什么,又在诉说着什么,只一会儿工夫,群狼就撇下它齐刷刷地跑了。

独狼说了什么呢?如果翻译成人语,大概意思是这样的:"你们都给我站住!想吃现成的肉吗?混蛋!你们以为肉是那么好吃的吗?你们没看见我……唉,那滋味可真不好受哇!你们千万要引以为戒,以后就是有人把肉摆到家门口,再'狼呀妹呀'地招呼,你们也不能动心。如果谁敢不听,二头领可令它吃一顿咸肉,以儆效尤。现在,你们别管我了,我死不足惜,只要你们能记住我的话,在诱饵面前把握住自己,我也就含笑九泉了!"

独狼黯然神伤地目送着群狼远去,不停地挥爪擦泪。

忽然,它瞥眼发现牧羊人正站在后面冷眼旁观着这一切,立刻凶相毕露地沙哑着嗓子朝他吼起来,那意思是说:"我们上当只能一次,你想让我部下重蹈我的覆辙?没门!我会在这儿守着,告诉我的每一个同伴。"

牧羊人一定是明白了独狼这意思，他乐滋滋地抬腿踢了独狼一脚，然后冲他的牧羊犬打了个呼哨，说："走吧，有这家伙在这里守着，咱们睡安稳觉去！"

可能是人话太复杂，独狼没听懂，或者是独狼怀疑人在摆迷魂阵，反正它没改初衷。所以在以后的日子里，这只独狼就一直兢兢业业地看守着牧羊人的圈棚，把许多到这里来寻食的恶狼都打发走了。

独狼成了一只忠实的为羊看门的狼！

（李宽云）

（题图：张恩卫）

真人不露相

民国时候，东北夹皮沟一带，屯子里会时不时地闯来成群结队的野猪，不是拱了这家的栅栏，就是毁了那户的庄稼，大伙儿十分头疼，可又拿这些畜生没办法。

有个人于是就在自家门口挖陷阱，终于逮到一头野猪之后，把它用绳子捆起来，吊在门口猛抽猛打，还嫌不解恨，最后硬是活生生地把野猪皮给剥了。剥皮的时候，那野猪的惨叫声顺着老白桦林子一直传进山里，胆小的人吓得捂住耳朵不敢听。

恨是解了，可到了半夜，这家人就遭殃了。为啥？成群结队的野猪找上门来，"嗷嗷"叫着往他家里冲。屯子里的人是被他家里人的哭叫声惊醒的，跑出来一看，倒吸了一口凉气。

屯子里有一对刚刚成亲的小夫妻，男的叫大奎，女的叫山杏。大奎看到这惨景大叫一声"不好",立刻对山杏悄悄耳语了几句,然后就回身进屋拿了猎枪出来,撒腿往山上跑。

片刻工夫,山里就传来豺狗此起彼伏的叫声,越来越响,越来越响,不一会儿,就见两三百只豺狗跟着大奎从老白桦林子里蹿出来,朝那户人家奔去。

屯里人惊讶地发现,平时凶狠异常的豺狗,这时候简直就像是大奎手下的兵似的,完全听大奎指挥:大奎指东,它们就朝东;大奎指西,它们就扑西;大奎一声令下,它们就立刻两个一伙、两个一伙地与野猪干起来,一个在前面对付,一个从后面扑到野猪身上,用利爪插进野猪的肛门,去掏它的肠子。

这么一来,开始还疯了的野猪,立刻一倒就是一大片,没倒的也吓得没命地往山上逃。这户人家终于被救了,大奎因此成了远近闻名的英雄。屯子里的人这会儿才知道,这一对外来的小夫妻,男的居然还有这么一手绝活,这是真人不露相啊!

屯子里终于太平下来了,可是这样的日子过了没多久,眼看快过年的时候,出事儿了!

这天,大奎套了个爬犁,装上猎来的黄羊和野猪,想到镇上去把这些东西卖了换些年货回来。可谁知这一去,直到天黑尽了都没回来,山杏急得团团转,到路口去看了不下十回,就是不见大奎人影。

第二天中午,来了一队扛枪的,见了山杏就说:"镇长有请,赶快跟我们走!"

山杏心里一惊,怯怯地问:"镇长找我干什么?"

扛枪的说:"你家大奎现在是镇长家的座上客啦!"

大奎不是明明到镇上去换年货的吗,怎么会跑到镇长那里去了呢?

原来这个镇长好色,抢了一个又一个良家民女,坏事做多了,又怕那些女人来找他报复,于是吓得晚上越来越睡不着觉,到后来,就老觉得有一群披头散发的女人站在面前,要找他算账。镇长看了无数个郎中也不见好,有人就给他出主意,说只要吃了老虎胆准好。可老虎胆到哪儿去弄?镇长想到了声名远扬的大奎,就要派人去找他,谁知他却自己跑到镇上来了。

可是山杏知道,大奎不会去理镇长,大奎和镇长有不共戴天之仇。当初,山杏是镇长家的佣人,镇长见山杏长得好看,几次动手动脚要打山杏的主意,山杏死活不从,于是就从镇长家里逃出来,可是却在白桦林里迷了路,要不是遇上大奎,怕早喂了狼。这么恶劣的镇长,吓死了才好呢,山杏不知道会有多高兴,大奎怎么还会去帮他?

可让大奎想不到的是,镇长却让手下的人把山杏给带了来,天知道镇长是怎么知道山杏是大奎女人的。大奎心想:看来这次不答应镇长是不行了,尤其是看到山杏见到镇长时那惊恐的眼神,大奎心疼得心里在滴血,于是当天就进山去猎了一只老虎,取来新鲜的虎胆。

镇长乐得眉开眼笑:"哈哈哈哈!有本事!有本事啊!"他吩咐把老虎胆送去伙房烹煮。

大奎见镇长这么开心,心里不禁松了一口气,就准备和山杏一起回家。可是他到山杏那里一看,山杏正在偷偷地抹眼泪,大奎冲过去,一把抱住山杏说:"杏儿,我不是回来了嘛,你哭啥呀!"

谁知山杏却哭得更厉害了:"可是……可是我对不起你……镇长他……他这个畜生……"

就在大奎进山取虎胆的当儿,镇长竟然兽性大发把山杏给糟蹋了。堂堂七尺男儿,竟连自己的媳妇都保护不了,大奎眼睛里喷出火来!

突然,大奎感觉怀里的山杏没了声音,低头一看,她肚子上插着一把剪刀,汩汩流出的殷红的血,把她好看的新婚棉袄都浸透了。"山杏——"大奎拼命摇着山杏,可是山杏再也听不到了。

善良的大奎顿时傻了眼,他抱着山杏不吃不喝也不走,坐在那儿整整两天。

到了第三天头上,大奎站了起来,默默地抱着山杏回家,镇长原以为大奎会找他算账,这下总算松了口气。可是没想当天夜半时分,突然有成百上千只野狼从深山里跑出来,穿过密密的白桦林,直奔镇上,把镇长家团团围了起来,镇长和手下那帮人的鬼哭狼嚎声整整响了一夜。

镇上的人从此就再也没有见到过镇长,倒是经常有人在野狼沟附近看到一个人带着一群狼。大家都说,那人是大奎,大奎成了狼王。

(于长华)

(题图:黄全昌)

与狼周旋

那年,高强是边防军的一个团长。当时,部队为了改善伙食,每个连队都养了不少羊,但却经常遭到群狼的围攻,死羊都码成了垛,那情景真是惨不忍睹。

眼看群狼越来越肆无忌惮,为了保卫部队驻地安全,在请示了上级之后,高强从各连队抽了二十名优秀射手,组成一个加强连,专门围捕群狼。

说也奇怪,这之前群狼经常是大摇大摆地从高强他们眼前招摇过市,可自从加强连成立之后,每每出动捕狼,却总是扑空。战士们当然不会甘心,高强的通讯员入伍前是个口技爱好者,擅长模仿各种动物的叫声,高强于是就和他商量了一个引狼上钩的办法。

　　这天晚上，月黑风高，高强和战士们把一群羊赶到群狼经常出没的一个叫"嘎巴"的地方，把它们圈起来，然后从牧民那里借了一张狼皮，披在通讯员身上，故意把他拴在羊圈的木桩上，让他学狼嗥。高强想用这个办法把群狼引来，一举消灭它们。

　　一切准备就绪，高强和战士们就悄悄埋伏在羊圈四周。很快，来了两只老狼，绿荧荧的眼睛在漆黑的夜里闪着瘆人的光，它们在远处匍匐了一会儿，然后其中一只狼原地守候，另一只狼小心翼翼地靠上来，张望一阵之后又悄悄退了回去。紧接着，一只狼就飞快地跑了，高强猜想它是去给狼王报信的，另一只狼则留下来继续守候。

　　估计要不了多少时候，狼王就会带着群狼来救高强通讯员假扮的这只"狼"，而且嘎巴这里还有一大群肥羊，只要群狼全部进入包围圈，高强就可以指挥战士们把它们一网打尽。可问题是高强和战士们等呀等，已经过了夜半，不但群狼没来，就连留下守候的那只狼也悄悄地走了。

　　高强猜不透那些狼在搞什么名堂，正迷惑不解的时候，忽然远处传来一阵人喊马嘶的声音，还夹杂着零星的枪声，不一会儿，附近连队的战士跑来说，他们队里的羊群遭到大批野狼的袭击，急需增援。高强这才发现自己上了狼的当，这帮家伙在和自己玩声东击西的游戏哩。他立即吩咐通讯员留下看着羊，自己火速带领战士们前去增援。

　　但让高强万万没有料到的是，他带着队伍赶到附近连队一看，哪里有什么野狼袭击，那里的羊连根毛都没掉，高强心里真是又恼怒又纳闷。这时候，猛听得身后传来一阵急促的马蹄声，原来是高强的通讯员追来了，说高强他们刚离开，羊群就遭到狼的袭击，通讯员吃不准情况，不敢乱开枪，只好赶来报信。

　　高强只好带着战士们火速赶回去，但为时已晚，羊已经全部被狼掠走。高强不死心，和战士们顺着狼爪印一路追下去，不久就发现前面有一群黑乎乎的东西。不好,群狼有埋伏,高强吩咐战士们立即做好战斗准备。

可奇怪的是,这群狼既不前进也不后退,一直在原地打转。高强心想,狼最怕亮光了,于是就命令战士们把手电筒都打开,一齐照过去。大家顺着亮光一看,惊呆了:它们哪里是什么狼,竟就是先前故意赶来引狼的那群羊啊!

这就奇怪了:群狼早走了,这里又没有木栅栏圈着,羊咋还在原地打转转?待走近一看,高强才发现,原来这些羊的眼睛全都被狼搞瞎了。不用说,群狼之所以不吃掉羊而搞瞎它们的眼睛,分明是在向战士们示威呀!

这回,高强算是领教了狼的厉害,但也因此更坚定了灭狼的决心。

但高强心里有一点没想明白:狼咋知道引它们上钩的"狼"是人装的呢?他后来专门去请教当地牧民,这才知道:其实狼的嗅觉极其灵敏,你再怎么伪装,但人的气味却逃不过它的鼻子,人的气味与生俱来,不可能说没就没了。

通讯员于是提议,想办法把气味化解掉。在牧民们的帮助下,战士们收来好多狼皮,把它们放在开水锅里煮,然后就天天用这种煮过狼皮的水洗澡;这还不算,大家就连平时穿的衣服和鞋子,也统统用这种水浸泡。甭说,半个月后,连牧羊犬见了战士们都一个劲地狂吠,它们一定是在奇怪,人身上咋来的狼味儿。

经过充分准备之后,高强和战士们开始静待时机。

机会终于来了!这天黄昏,哨兵向高强报告说,驻地前面的雪原上突然出现了狼群。高强举起望远镜一看,可不是嘛,远远望去,雪原上到处是狼,一个个肚滚腰圆的模样。莫非它们今天是冲着营地来的?这帮家伙也太自不量力了吧?哼,正等着收拾它们呢!

　　高强立刻把战士们召集拢来，把这些天大家在一起反复酝酿的围狼方案再从头细细检查一遍，随后战士们就悄悄出发，分左、中、右三路向群狼包抄上去。

　　这时候天正好完全黑了下来，战士们各自借着夜色掩护迅速迂回包抄到位，由于平时洗透了狼皮水澡，群狼对战士们的到来果然毫无察觉。高强一看时机到了，便果断地命令司号员吹响军号，战士们几乎是同时出击，雪原上人马声、机枪声，夹杂着群狼惊恐的嗥叫声，响成一片。

　　这回，狼王似乎知道是真正遇到了险情，猛地发出一声凄厉的长嗥，顷刻之间，骚动的群狼便安静下来，耳朵齐刷刷地竖起，尾巴急速地摆动，然后雄狼在前、母狼居中、小狼在后，向前狂拥而去。

　　给狼逃生的缺口是高强他们故意留出的，其实这是一条不归路，因为前面是一个大冰湖，却被大雪覆盖得严严实实，神仙也认不出来。高强在这里当了二十多年兵，对地形了如指掌。

　　果然，上了冰湖的狼就由不得它们自己了，立刻晃晃悠悠地在冰面上扭起了秧歌，而更多的狼则摔得四脚朝天。狼知道上了当，但战士们左、中、右三路射去的瓢泼枪弹，又逼得它们无法再有别的选择，只能连滚带爬地继续朝前拥。看着它们临死前的这番挣扎，战士们心里觉得真解恨。

　　眼看着群狼已经跌跌撞撞拥到冰湖当中，就在这时候，突然惊天动地一声响，已经结了冰的湖面因承受不了群狼的重压而爆裂开来，那些狼于是就像下饺子似的纷纷落入湖中，即使跟在后面没有走到冰湖中间的狼，因为后面有战士们的枪林弹雨堵着，也只好往冰湖里跳。

　　看到群狼纷纷落入湖中，战士们高兴得大叫着从埋伏点上冲出来。高强一看这阵势，当即命令大家立即停止射击。为啥？一是考虑，越到最后胜利关头越要沉得住气，现在天已经黑下来,应该尽量避免不必要的伤亡;二呢,狼皮可是部队战士御寒的宝贝,尤其是没有损伤的狼皮。于是,高强在冰湖周围布置警戒,让战士们轮流值班休息,等第二天天亮后再动手。

好容易等到第二天天亮,战士们就迫不及待地行动起来!好家伙,此时冰湖上黑压压一片全是狼,由于天气寒冷,群狼被牢牢地封在了湖里。

但是让高强和战士们吃惊的是,他们向群狼围上去的时候,看到那些老狼早已被封在冰层里冻死了,而它们背上驮着的小狼有的竟还活着,正瞪着惊恐的眼睛不知所措地四下张望。高强曾经好多次听人说起过,在生死抉择的最后关头,狼爸狼妈总是把生的希望留给狼崽的故事,可如今亲眼目睹,他的心还是被深深地震撼了……

（刘春山）

（题图:安玉民）

人鹿奇缘

石小诗二十八岁那年还是光棍一条,在西双版纳一个名叫曼广弄的寨子里插队。后来他好不容易有了未婚妻,可未婚妻却坚持要石小诗先给她盖一间新房,然后才肯嫁给他。石小诗当时是个穷光蛋,他哪来的钱盖房子呀?没办法,只好扛起那支打一枪就得装填一次火药的老式铜炮枪,进山打马鹿换钱去。

当时政府有明令规定,马鹿属于国家一类保护动物,不准猎杀。但那时石小诗实在是穷得没了法子,于是也就顾不得了,独自一人背上铜炮枪就悄悄进了山。那天,他一大清早就划着一条用椰子树做成的独木舟,顺着罗梭江漂进田螺谷,他知道田螺谷里有一个臭水塘,马鹿爱到塘里去喝盐碱水。

石小诗把独木舟靠在塘边,自己上岸后就找了块背风的大岩石躲起来。过了没多久，果然附近树林里响起一阵"窸窸窣窣"的声响，接着就闪出一头马鹿，朝塘边走来。

石小诗一看，这是一头母鹿，全身金黄，双眸明亮，秀气的嘴巴，修长的腿，看上去非常美。而且特别让石小诗欣喜的是，这头母鹿肚子圆滚滚的，里面还有小生命呢！母鹿虽然没有珍贵的鹿茸，但如果将鹿胎放在土锅里熬成胶，制成黑色透明的鹿胎胶，也是一味名贵的补药，能卖好多钱呢。石小诗于是便按捺住心头的喜悦，轻轻将手里的铜炮枪举了起来。

此时，那母鹿正一步三顾地向水塘走来，五十米，四十米，三十米，二十米，十米，七米，五米，三米……石小诗屏气凝神，果断地瞄准母鹿的脑袋，"啪"扣下了扳机。

只听"咔哒"一声，糟糕！怎么啦？火药受潮，这一枪算是白打了。母鹿闻声愣了愣，扭身就朝密林里逃。此时重新再往铜炮枪里填火药已经来不及了，情急之中，石小诗"呼"地从大岩石背后一跃而起，将铜炮枪朝母鹿身上砸去，那沉甸甸的枪筒子正好砸在母鹿右腿上，只听它惨叫一声，一个趔趄摔倒在了地上。

石小诗兴奋地急奔过去，想对马鹿来个生捉活擒，可还没等赶到，那母鹿硬是生生地站了起来，拖着负伤的右腿，腆着肚子，摇摇晃晃地挣扎着继续向密林里跑。石小诗生怕它跑了，就顾不上去捡摔在地上的铜炮枪，拼命追了上去。

追进密林，追到一棵古榕树前的时候，石小诗看看自己和母鹿只相差没几步了，就瞅准机会纵身一跃扑了上去，一把抓住它的后腿。可母鹿惊叫一声，还是拼命向前跑，石小诗哪里肯放手，尽管身子被母鹿拖着，两只手就是抓着马鹿的腿不放。他心想：反正地上都是厚厚的野草，伤不着我筋骨，再拖一阵，等母鹿力气耗尽，我把它的四个蹄子用绳子捆起来，就大功告成了。

谁知就在这个时候，母鹿突然陷进一个坑里，石小诗来不及松手，就被它带着一起往下掉，还没等明白是怎么回事，就掉在坑底的一块石头上，痛得差点晕过去。石小诗抬头一看，发现这里原来竟是一个捕象的方形陷阱，深三米多，长宽各有四五米，陷阱四壁如刀削般陡直。原来，这个陷阱的表面是用细竹子搭起一层草皮来作伪装的，母鹿刚才跑得急，没注意，这才拽着石小诗一起掉了下来。

石小诗怎么也没想到今天抓马鹿竟抓出了这么个结局，怎么办？他忍着剧痛挣扎着坐起身子，一边用眼睛在陷阱里四下打量，一边脑子急速地转动起来。

那头母鹿此刻就在石小诗面前，它的两条前腿已经皮开肉绽，颤抖了半天身子，才勉强站立起来。莫非它也在动脑筋要脱离险境？石小诗心里不由一动。

可是猛然间，石小诗发现母鹿前面的那片蓬草突然无风自动，正要定睛看，草丛里突然竖起一个毛茸茸的豹子头，紧接着就站起一头豹子来。石小诗吓了一大跳，他见这头豹子虽然浑身瘦骨嶙峋，肚子瘪瘪的，但那对眼睛却瞪得滚圆。刹那间，石小诗明白了：这头豹子掉进这个陷阱里起码有好几天了，自己和母鹿即将成为它的美餐。

石小诗的心抽紧了，急忙往腰里掏匕首。谁知这一掏却掏了个空——刚才被母鹿拖着在地上跑，匕首早被弄丢了。石小诗顿时从头凉到脚：手无寸铁，怎么对付凶残的豹子呢？而那豹子此时却已经一步一步朝石小诗和母鹿逼近过来，那神态，那步履，分明就是来饱餐一顿的，石小诗不由攥紧了拳头。

突然，豹子收住脚，睨视石小诗和母鹿一眼，似乎在犹豫什么，然后就径直朝母鹿走去。母鹿顿时吓得乱叫，石小诗却下意识地挪了挪身子，尽量让自己离母鹿远点儿。他心里想的是：有母鹿果腹，估计一两天里这豹子可能就不会再对我开杀戒了。

只见豹子走到母鹿跟前，打量了母鹿一会儿，或许是在考虑从哪里下口最好吧，随后就弓起腰，把前爪举了起来。而母鹿则在惊恐地哀嗥一声之后,突然飞快地转身朝石小诗这里靠近过来。石小诗见状本能地闪开一步,母鹿见石小诗躲它,腿一曲,"嗵"一声在石小诗面前跪了下来,泪眼汪汪地看着石小诗,喉咙里发出低低的哀声,那模样简直就像一个孩子在突然遭难时等着父母的庇护。

石小诗立刻被震惊了,一种对弱小动物的爱怜之情在这一瞬间油然而生,他也不知道自己是怎么了,脱口喊了一句:"别怕,有我在!"就将身子一挺,把这头身上带着小生命的母鹿挡在了自己身后。

豹子于是恶狠狠地瞪了石小诗一眼,就张牙舞爪地向他逼来,然后在离他两步远的地方停下,竖起尾巴冲他大吼一声。石小诗这时候突然间血气上涌,准备横竖横了,站着纹丝不动。豹子见他不肯退让,双腿微微向后一蹲,就倏然跳起,向他头顶压来,把两只爪子搭在他肩上。

石小诗本来就已经身疲力竭,被豹子这么猛一压,立刻仰面倒地,那豹子于是伸过头来就要咬石小诗的喉咙。石小诗死命地用两只手掐住豹子的脖子,豹子被掐得喘不过气来,就用爪子在石小诗身上乱抓,石小诗忍住痛,咬紧牙,用两只脚猛蹬豹子的肚子,并乘势一个"鹞子翻身"将豹子压在身下。

豹子当然心有不甘,扭腰一滚,再次把石小诗按倒。石小诗毕竟由于刚才追逐母鹿消耗了力气,跌入陷阱时又受了伤,哪里还支撑得住,挣扎了几次都没能翻过身来,他只感觉豹子尖利的牙齿已经触到了他的喉结,豹子嘴里喷出的腥臊味熏得他直想吐。

可谁知就在这时候,只见那豹子突然就皱起了鼻子,直眨巴眼睛,嘴里"嗷嗷"叫着,痛苦不堪地从石小诗身上滑了下去。石小诗惊讶极了,歪过脑袋一看,原来那母鹿正趴在豹子背上,在拼命地咬它,石小诗挣扎着站起来一看,豹子的背此时已经被母鹿咬得皮开肉绽，鲜血淋漓。

石小诗心里顿时热乎乎的，要知道母鹿的牙齿从来只会啃嫩嫩的青草，而此刻为了石小诗，当然也是为了它自己的生存，它竟然咬起了豹子！一时间，石小诗信心大增，拼出最后的力气再次朝豹子身上扑去，掐紧了它的脖子。

渐渐地，豹子的身子终于瘫软下去，两眼翻白，嘴角抽搐，吐着白沫，不再动弹。石小诗不放心，过了好半天才松手，又摘片草叶放在豹子嘴边，见草叶纹丝不动，他这才长长地吁了一口气。

这时候，那母鹿依然死死咬着豹子的背，石小诗好不容易才将它拉开，仔细一看，发现母鹿的牙齿已经被咬断了四颗，嘴唇也开裂了。石小诗情不自禁地抚摸着母鹿的脖子，不料母鹿却惊慌地跳开了，石小诗只好苦笑着退到另一边坐下，母鹿这才安静下来，蹲在地上，舔着自己腿上的伤口。

很快，天暗了下来，石小诗心里默默祈祷，希望那个挖陷阱的主人明天能来这里，把他和母鹿都搭救上去。可是等呀等呀，一直等到第二天中午，没见任何动静，即使大声呼喊，也只有群山发出空空的回声。石小诗一想：会不会这是一个废弃的捕象陷阱？或者，陷阱的主人要隔十天半月才来看一看？还不知道陷阱主人上次是什么时候来的，自己还能不能等到他下一次来呢？想到这里，石小诗心里非常绝望。

而且要命的是，第二天晚上，石小诗发现自己肩膀、大腿和胸部被豹子抓伤过的地方，开始化脓了，火烧火燎般痛。

再这样等下去，只有死路一条。不行，我一定得想办法爬上去。主意打定，于是从第三天开始，石小诗就用两只手指在陷阱壁上抠洞，希望能抠出一个一个可以踏脚的小坑来，顺着它们爬上去。可问题是，一个小坑还没抠成，他的十个手指就让坚硬的山土给磨得血肉模糊了。

　　石小诗不甘心等死,于是反复打量,发现东面高高的壁上有一棵三叶藤,盘缠着的藤蔓看上去就像一张编织精巧的渔网,好像还挺结实。石小诗心里一个激灵,撑起身子走过去,一试,尽管他拼命朝上跳,可手还差将近一米才够得着那藤蔓。唉,还是不行,石小诗垂头丧气地一头躺倒在地上,他问自己:"我真就只能这么听天由命了吗?"

　　当第三个黄昏再次降临的时候,那头躺在角落里的母鹿开始一声声哀吟起来.圆鼓鼓的肚子不断抽搐着,四脚乱蹬,扬起一阵阵呛人的草雾。开始,石小诗还以为它是伤势过重快要死了,谁料过了一会儿,竟响起了小鹿"呦呦"的叫声……

　　母鹿产下的是一头小公鹿,那小家伙跪在地上,毛茸茸的小脑袋一个劲地往母鹿怀里钻,月牙形的小嘴叼住母鹿的奶头拼命吸吮,而母鹿此时则躺在污血中,温柔地舔着小鹿的背脊。可是此刻,石小诗没有在母鹿的眼睛里看到那种做母亲的安详与幸福,觉得它那一双眼睛就像是两口枯井,里面满是深深的哀愁。

　　长在陷阱里的茅草几乎已经被母鹿吃光,母鹿的乳房里再也流不出一滴乳汁来,小鹿拼命咬母鹿的奶头,却又饿得"嗷嗷"直叫,后来连站都站不住了,靠在母鹿的怀里,样儿十分凄惨。

　　此时,石小诗自己的情况也很不妙,他一直在发高烧,昏昏沉沉地睡一阵、醒一阵。朦胧中,他突然觉得有谁在拉他衣服,睁眼一看,原来是母鹿,咬住他的衣襟左摇右晃。早已经奄奄一息的母鹿,此刻却两眼熠熠闪亮,直挺挺地站在石小诗面前。

　　母鹿咬着石小诗的裤腿,把他引到陷阱的东面,伸长脖颈,望着那棵三叶藤亢奋地叫着。难道它是想让我带它的小鹿攀着这根藤爬上去吗? 石小诗心里猜测着,又觉得这完全是不可能的事。可母鹿的神情分明是在告诉他:这是唯一可能的逃生之路啊!

　　石小诗想了想,勉强在这棵三叶藤下跳了跳,他是想用自己的这个动作告诉母鹿:我够不着啊！谁料母鹿就在这个时候"扑通"一声跪下来,显然它是想叫石小诗踩着它的身子爬上去。生命已经垂危了的母鹿能承受得了石小诗这一百多斤的重量吗?石小诗一边犹豫着,一边就脱下身上的衣服,用它将小鹿往自己身上绑。

这时候,母鹿突然在小鹿身上发狂般的舔吻起来,石小诗意识到,它这是在与自己的孩子做生死诀别。

片刻之后,母鹿又重新静静地安卧下来,石小诗被生的希望鼓舞着,于是就背着小鹿小心翼翼地踩上母鹿的脊背,可是一试不行,还差五六十公分。

就在这时,石小诗突然觉得脚底下一阵蠕动,原来那母鹿仰天长啸一声之后,竟慢慢站了起来。石小诗赶紧紧贴着陷阱的土壁稳住自己身子,等母鹿站直后,踮起脚尖猛地伸手一抓,终于抓住藤蔓了！他立刻脚蹬土壁,手抓藤蔓,艰难地一点一点往上爬,终于攀到坑沿,拼力往上一跃,出了坑口。

坐在陷阱坑口,石小诗低头一看,那母鹿依然还保持着它刚才把石小诗顶出陷阱时的姿势:颀长的身体竖直着,头也挺得直直的。石小诗的眼睛湿了,解开绑着的衣服,把小鹿搂在怀里,将它毛茸茸的小脑袋贴在自己滚烫的脸颊上,大声对还在陷阱里的母鹿说:"朋友,我先抱小鹿回家,你等着,我马上找人来救你!"

那母鹿依然趴在土壁上,恋恋不舍地看着石小诗和小鹿,眼眶里滚出两颗泪珠来。突然,它全身开始痉挛,猛烈抽搐了一阵之后,就僵然不动了。母鹿死了,临死之前,它用尽最后回光返照的气力,救了小鹿,也救了石小诗。

石小诗抱起小鹿哭着跑出密林,他发誓,一定要用牛奶将小鹿养大,然后放归山林,报答母鹿的救命之恩。

（作者:沈石溪;改编者:曾凡涛、韩美芳）

（题图:蔡解强）

草原复仇狼

　　故事发生在二十年前，那是一个很冷的冬天，风雪出奇地大，村里家家都在加固自家的羊圈，可狼还是来了，它们聚合成群，袭扰散居的牧民，有的甚至白天都敢大摇大摆地进村来羊圈里叨羊。牧民们被激怒了，于是就组成打猎队，骑着马，带着干粮和猎枪，进山去打狼。

　　杨家的父亲杨戬是打猎队的队长，一向以智慧和勇猛在村民中享有威望。当天夜里，在他的带领下，打猎队的队员们就在山谷里和狼展开了殊死搏斗，到第二天天亮时，他们一共打死了十二只狼。

　　大家正准备欢庆胜利，这时候杨戬突然发现远远的山顶上，有一只母狼朝着村里的方向直吼，他于是就让大家再四处找找，看有没有遗漏的狼窝。这一找，还真找到一个狼窝，里面有三只小狼。大伙儿于是就把这三只小狼连同那十二只大狼一起带了走，任凭母狼在那个山顶上不停地嗥叫。

但遗憾的是，这三只小狼没能全部带回来，路上先后死了两只，杨戬于是就将剩下的那只小狼留在自己家里，让儿子杨路好好地养它。

杨路那时才三岁，爷爷说母狼会来村里找狼崽的，让杨戬把小狼送回去。可是因为路太远，杨戬没有立即去送，没想两天后那只母狼果然就跟过来了，日日夜夜在村外叫着，吓得村里那些胆小的人连白天都不敢出门。没办法，杨戬就带了几个村民悄悄在村外设下埋伏，准备把母狼干掉。

这天傍晚，当母狼又一声高似一声地叫起来的时候，杨戬在埋伏点举起猎枪，瞄准了母狼就打。可是奇怪，平日百发百中的他，这回居然没能把母狼打死，只一枪将它的腿打瘸了。不过，或许是母狼尝到了杨戬枪子儿的厉害，从此没再叫过。

大家都以为从此可以平安无事了，谁知就在这时，杨戬家里养的那只小狼突然死了。谁都知道，狼最爱寻仇，母狼迟早总会知道它最后一个孩子也死了的消息，肯定会来报复，这可怎么办？杨戬思来想去，终于想出了一个用小狼做诱饵来杀死母狼的计策，他把死了的小狼放在村外一片空旷的雪地上，自己悄悄在附近埋伏起来。

这天晚上，母狼果然嗅着小狼的气味，一路寻到了雪地上，当看到小狼躺在那里一动不动时，它突然仰天长嗥起来，那声音听上去真是又悲怆又凄凉。就在这个时候，杨戬举起猎枪，将枪口瞄准了它。

只听"啪"一声响，就在杨戬扣下扳机的刹那，母狼倒在了地上，但让杨戬想不到的是，它马上又从雪地上站了起来，一瘸一拐地拼命挣扎。"啪"杨戬赶紧又补了一枪，母狼再次被打倒在地,不料它又一次从雪地上站了起来,而且趁着杨戬装弹药的时候,挣扎着一瘸一拐地跑了。

杨戬禁不住一阵唏嘘,但这以后村里倒是平静下来了,时间一长,大家也就渐渐把这只母狼给忘了。

这天夜里,杨戬突然被一阵羊的惨叫声惊醒,他从炕上跳起来,冲出门奔到羊圈时,一个影子从他眼前一晃而过,杨戬一眼就认出是只狼,而且腿有点瘸。他没有赶得上去追,回头看一眼羊圈,惊呆了!只见羊圈里满地血淋淋一片,一圈的羊差不多都被咬死了。

然而,那只瘸了腿的狼逃出村子后并没有跑远,坐在山梁上一声声地嗥叫,那叫声有些哀怨,也有些兴奋,杨戬从来没有听到过有狼这么叫的,他甚至觉得这声音听上去更像是一个女人在哭。他心里有数了:这瘸腿狼一定就是那只死了三只小狼的母狼,它复仇来了。

杨戬不甘罢休,发誓一定要将这只母狼打死,彻底解决问题。他整天寻找母狼的踪迹,可那母狼却像是在地球上消失了似的,杨戬整整找了一个夏天,都没有找到它。

就在杨戬以为那只母狼不会再来的时候,谁知它突然又出现了,咬死了杨家圈里十几只羊。此后,它每年都要来一两次,每次都要咬死十几只羊。杨戬想尽一切办法,养牧羊犬,下狼夹,投毒饵,设陷阱,但是这只母狼从不上钩,杨戬对它毫无办法。

那一年,杨戬的妻子因难产去世,杨戬非常伤心,深深地感受到了失去亲人的痛苦,从此就再也顾不上去和那只母狼周旋,尽管每天和往常一样出去打猎,但他脸上没了笑容,回到家里也总是往床上一躺,望着屋顶发呆。

这样的状况持续了将近一个月,这天母狼突然又来了,这一次杨戬发现得很早,他完全可以把它打死,而且明明已经举起了猎枪，可却又莫名其妙地放下了，只是把它赶了跑。一会儿工夫，就听山梁上传来那只母狼的嗥叫声，叫了很久很久，杨戬一直在听，也听了很久很久，而且一边听一边哭，整整哭了一个晚上。

第二天，杨戬把全家人叫拢来，说："那只母狼和我们杨家结仇好几年了，我想了很久，是我错了，我当初不该把那几只小狼崽带回来，让它们母子分离，后来更不该拿小狼当诱饵去杀它。我欠了它的债，以后你们别学我样，再不准去伤害它了。"

自打杨戬做出这个决定之后，那只母狼虽然还是每年都来，但杨戬果真就不再去打它，只是把它赶走。这一来，情况就发生了变化，杨家圈里的羊被咬死的渐渐少了，而且母狼在咬死了羊之后，不是飞快地逃走，而是常常在杨家周围转上几圈后才走……

后来，一直到杨戬的儿子杨路上了大学，开始住校，那只母狼也越来越老了，二十岁的狼就相当于八十岁的人，杨路每次回家问起，就发现父亲说起母狼时的口气越来越沉重，越来越伤感，就像一个老朋友要离他而去了似的。

那年杨路放寒假在家，天上纷纷扬扬地下着鹅毛大雪，杨路忽然想那只母狼，便独自出村，想去那片雪地看看，他记得，父亲当年就是在那里用小狼做诱饵，把母狼打成瘸腿的。就在快要走近雪地时，杨路远远看到有个东西趴在那里一动不动，走近一看，竟就是那只母狼，看到杨路来，抬起头，又无力地垂了下去。

杨路大约是在七岁的时候，有一次在山里玩，和小伙伴们走散了，只好独自一人回家，半路上竟和这只母狼相遇，他心里非常害怕，吓得站在那里一动也不敢动，谁知母狼蹲在那里也不动身子，它看了杨路一会儿，又走过来在他身上闻了几下，还伸出舌头舔舔他的手，然后就跑了。

　　现在是第二次见它了，杨路小心翼翼地走近前去，一看，母狼老得只剩下一把骨头了，身上的毛已经结成了冰屑，看样子它在这儿已经待了很久了。母狼大概也认出杨路来，它费力地抬起头，伸出舌头舔舔杨路的手，然后头就垂了下去。这一垂，就再也没有抬起来——母狼死了！

　　杨路赶紧飞奔回家，把这个消息告诉父亲杨戬。两人赶紧一起去雪地，杨戬仔细查看母狼的身体，抚摸着它腿上的那个弹孔疤痕，沉默半晌后，把母狼葬在了雪地里。

　　杨路不解，问父亲为什么要这么做，杨戬沉吟着说："因为……它是一个好老师。"

　　杨路更不明白："老师？那它教给了我们什么呢？"

　　杨戬说："在这个世界上，亲情其实是最珍贵的。我一直在想，这只母狼为什么要如此报复我们？后来我明白了，就因为我让它失去了做母亲的机会，这么多年来，它一直都独来独往，所以才怨恨我们，不停地想要报复我们。试想一下，一个人如果失去了所有的亲人和朋友，他会怎么样？你母亲离去之后，我至少还有你，还有这个家，比起它来，我要幸运多了呀……"

　　听着父亲这番话，杨路心里很不平静。

（小　树）

（题图：安玉民）

俗 世 奇 人

他们或胸怀仗义侠情，或身负传世绝技，隐于市井之中，不到迫不得已之时，不以真面目示人。

怪盗神医

老辈人都知道济南出过名将罗士信，他的"罗家枪"十分厉害。岂不知罗家的医术也很了得，不但世代都有人行医，而且尤以治疗跌打损伤名闻四里八乡。

不过，医术传到清朝罗士隆这代，没想罗士隆把一部《外科正宗》已经翻烂，可就是不敢拿针钩刀子。父亲无奈，只好让罗士隆改习科举，不想竟中了举人。

这年，罗士隆要到安徽阜阳任县丞，不料走到五峰山，被土匪绑架，押进了山寨。土匪头子叫张培德，原是河南林州人氏，曾在少林寺做过和尚，后来流落到济南，纠集了几十号无业游民，在五峰山打家劫舍，落草为寇。他们不缺酒肉金银，唯独没有医生，这才把罗士隆绑了。

罗士隆落入强盗之手，只好硬起头皮坐诊，倒也治好了几个匪徒的伤疾。然而时间一长，他就难以应付了。

这天，山寨二当家下山抢劫，被人割破喉头。这种硬伤若是放在名医手里，并不难治，可罗士隆却不敢下手，大家只能眼睁睁看着二当家送命。

大当家张培德于是红着眼睛要找罗士隆算账，不料反被罗士隆责怪说："医家最忌困于一屋，临床贵在多治病人，你们整天把我圈在这里，十天半月不见病人，我的医术怎会提高？况且这里又少散血膏药，你让我怎能救下二当家的性命？"

张培德一时被罗士隆问得无言以对。

罗士隆进而又说："如若长此下去，在下不仅医术毫无长进，还会贻误弟兄们的性命。每念至此，我就寝食难安啊！"

张培德听出了罗士隆这番话的弦外之音，便冷冷问道："你的意思，是想离开山寨吧？是想去阜阳，还是要回济南？"

见罗士隆凝眉不作声，张培德想了想，说："你去泰安吧，我出本金给你开个药铺，你去那里挂牌行医。泰安离本山寨也不远，弟兄们若是有病就去找你，或是把你请来，你以为如何？"

罗士隆一心只想快点离开这伙强盗，岂有不允之理？便立刻答道："那就不妨试试。"

但张培德老奸巨猾，当然不会轻易将罗士隆放走，他盯着罗士隆问："我怎么信你？"

"这个好办，我立字据！"罗士隆一边说，一边就脱下身上的白绸内衫，写了入伙为医的字据给张培德。

张培德收好后，命人拿过一包银子交给罗士隆，说："患难相交，后会有期！"随后便把他送下了山。

不多时日，泰安北大街上挂出了个布招儿，上书"隆昌药铺"，罗士隆改姓刘，正式开始坐堂行医。可泰安乃人文荟萃之地，名医辈出，罗士隆要在这里挂牌谈何容易？所以开业半年来,药铺一直门可罗雀,要不是张培德暗中支持,只怕早就关门了。

这天,一位年轻貌美的妇人来药铺找罗士隆,说她肚脐下长了个毒疮,又疼又痒,实在难以忍受。罗士隆一听,认为此疮并不难治,便细心写了处方,让妇人将其调和成糊,涂抹在疮上,即可治愈。不料妇人照方涂药却多日不见疗效,罗士隆于是便加大剂量,可仍然不见起色。这一来,妇人嘴里就有了怨言,还要向罗士隆索回药金,不然就告他调戏之罪。

罗士隆被逼无奈,只好去其他医家求援,谁知出门不远,就被一瘸腿汉子拦住。罗士隆见汉子蓬头垢面,形同乞丐,便不屑匆匆远去,岂料那瘸腿汉子却冲罗士隆喊道:"你连妇人的毒疮都医不好,怎配在泰安城里挂牌行医?"

罗士隆一听,知道自己遇上高人了,当即停了脚步,倒头就拜:"在下有眼不识泰山,万望大师恕我慢待之罪!"

"罪倒没有,只是该好好长长学问哪!"那瘸腿汉子一边哈哈笑着,一边径直朝罗士隆的药铺走去。

罗士隆赶紧跟上,把瘸腿汉子请进药铺,在里间坐定,然后就讨教尊姓大名。

瘸腿汉子摆摆手,说:"鄙人乃一介游方郎中,不问也罢!"

他告诉罗士隆,那妇人其实是泰安知县的小妾,患上这难言毒疮,不便去熟人药铺治疗,就到新开张的隆昌药铺来求医,她平时又贪吃又贪喝,尤其爱吃龙潭里的草鱼,久聚毒气才汇毒成疮。要治这毒疮,只须用普通马齿苋,取其精华四两,研碎捣汁,加入青黛一两,用于外敷,再配合内服八五散,一日三次,二十天后即可痊愈。

罗士隆于是便照方施医,没想二十天还不到,半月之后,那妇人就欢天喜地来药铺答谢了,还送了罗士隆一大笔银子。

隆昌药铺从此一举成名,罗士隆被泰安人尊称为神医。罗士隆因此对瘸腿汉子感激不尽,但奇怪的是,这汉子从此就再也没有露过面。

这天天降大雨,药铺里一时没有病家前来就诊,罗士隆便想靠上椅子打个盹,突然堂前走进一个用头巾盖着半边脑袋、拄着拐杖的瘸子,罗士隆心头一震,正要询问,那瘸子拉下头巾,原来竟是化了装的那个土匪大当家张培德。

"哎呀,大当家,你怎么独自一人来了?"罗士隆赶紧起身让座,给他端茶倒水。

张培德不慌不忙地扔掉拐杖,说:"怎么,我一人不能来?还怕你告密不成?"他看着罗士隆,面露愁容地说,"唉,不瞒你说,这段时日山寨都快揭不开锅了。"

罗士隆一听,忙拿了包银子出来,说:"我这儿现银不多,大当家先拿去应个急,日后小弟当再奉送。"

不料张培德却对罗士隆说:"这点银子还不够给弟兄们塞牙缝的!我今天冒雨来找你,是有要事商量。"他说着,往罗士隆跟前凑了凑,"泰安城里富户不少,弟兄们辛苦这些日子,也摸了个底。"他一边说,一边递给罗士隆一份长长的名单。

罗士隆心里一惊,试探道:"大当家是想让我去踩点?"

"也算是吧!"张培德点点头,"这些土鳖财主个个为富不仁,以后你给他们看病,务必多套些话儿出来,最好还能画出各家宅院草图,你看如何?"

罗士隆一听,不由倒吸了一口凉气,连连摇手道:"不可,不可!大当家,我在这里挂牌行医,是想给弟兄们瞧病提供方便,若是要这么干,万万不妥。"

"哈哈哈……"张培德一阵狂笑,突然变了脸色,"我让你来泰安,你以为真是让你来开个药铺,学治病的本事?实话告诉你吧,你就是我棋盘上的一个子儿,平时用不着,用时不能少!"

"容我想想,容我想想!"罗士隆额头沁汗,声音发颤。

张培德看着罗士隆,不紧不慢地继续道:"你不干也可以,我让人到官府一说,你脑袋就得搬家。嘿,你自个儿看着办吧!"

到了这个时候,罗士隆心里也明白:这家伙想要办的事,任谁也难改变。他想了想,只好叹口气说:"唉——也罢,只是……有了消息怎么送呢? 我总不能老往山上跑呀!"

张培德说:"你得了消息或者画了草图,自会有人来取,这就不用你费心了。"

此刻,罗士隆心里想的是:我给哪家富户看病,山上哪会知道,到时候自己设法应付就是了。

可巧的是,第二天,正好泰安城里数得上的两家富户,西关大街的李家和岱庙南侧的侯家,先后来请罗士隆上门去看病。这两家富户平时为人也算善良,罗士隆不忍加害他们,就悄悄地去、悄悄地回,没敢透露半点风声。可没想隔了一天,张培德就派人来向罗士隆取消息了,罗士隆矢口否认,哪知来人竟把他何时出诊、何时归来以及行走路线,说个分毫不差,罗士隆听得浑身冒冷汗。看来张培德是天天在派人监视自己了,从此他再不敢有半点敷衍,每到一家富户,就用心看地形踩点,看病反倒成了应付。

这一来,城里人就纷纷议论起来,因为只要罗士隆到哪家富户去看病,不出三五日,那家必遭抢劫。罗士隆为此惊恐不已,总觉得自己良心上过不去,后来干脆装病躺倒,准备任大当家处置。

这天半夜,山寨来人请罗士隆上山,罗士隆预感到自己杀身之祸将临,心一横,就随那人上了路。可到了山上才知道,原来是大当家张培德自己得了喉头肿痛的重症。

罗士隆看过之后心里明白:张培德平时常吃山中的长尾斑鸠,这种禽鸟又吃山中半夏,张培德的喉咙肿痛正是半夏之毒所致,按照书上所记载的医方,他只要吃上多半斤生姜即可,用不着再开什么处方。

然而此刻，罗士隆心里起了主意。他从诊包里取出巴豆霜、犀黄、天竺黄等七八味药，将它们裹在白布袋里，同老豆腐一起煮，他说要用以毒攻毒之法来给大当家医治。

张培德呢，尽管得了重症，但还是命人摆上酒席，说要好好慰劳罗士隆这个踩点功臣，一桌人于是便一边等着豆腐药煮出来，一边就陪着罗士隆浅斟慢饮起来。

几个时辰后，豆腐药终于煮好，张培德让人端到近前，正要端碗服用，就听后屋有人一声喊："慢着，我有话说！"

话音刚落，就见从后屋走出个人来，罗士隆一看大惊，原来此人正是他当初苦苦寻找的那个瘸腿汉子。

"好你个歹毒的家伙，你要把大当家害死不成？"瘸腿汉子厉声对罗士隆喝道，"这种豆腐药确实能治喉症，可你有意让煮这么长时间，大当家虽说当场吃下无恙，但不出十天必死无疑。哼，大当家待你不薄，你为何要对他下此毒手？"

罗士隆只觉如雷轰顶，哆嗦道："恩师，你……你……"

瘸腿汉子冷笑一声："我不是你的什么恩师！告诉你吧，我是大当家的师兄。"

原来，这个瘸腿汉子和大当家张培德早年同在少林寺为僧，因为触犯寺规，便一同逃来山东，时聚时散，相互照应。当初瘸腿汉子在泰安城中对罗士隆指点迷津那一幕，正是他们两人事先策划好了的，罗士隆尽管精明，可终究未能识破。

第二天，罗士隆就惨遭土匪杀害，张培德在泰安城里从此也就断了眼线。后来，罗士隆在济南的家人知道了这段隐情，心里虽十分难过，但认为罗士隆有勇有义，没有辱没家门，便花大钱去买了他的尸首来葬入祖坟，仍然承认他是罗家的名医。

（曹善起）

（题图：黄全昌）

神雕瞎吕

这年,黔州地区来了个逃难的手艺人,虽然长得身材矮小,一只眼睛还瞎着,可在集上一露手艺,那真是令人叫绝! 只见他随便从地上捡个小石块,用小刀在上面刻刻划划,只片刻工夫,一颗小白菜,一只小蚂蚱,或是一朵小菊花什么的,就会在他刀下长得鲜、叫得欢、开得艳! 围着看热闹的人都啧啧称奇,问他要多少钱肯卖这些石头,他笑着说:"随便给点儿就行,要不拿点吃的或是穿的来换也成。"

这手艺人为人随和,又不计较,渐渐的,当地人来找他雕刻的就越来越多。后来大家知道他姓吕,干脆就叫他"瞎吕"。

瞎吕的名声越传越远,这天有个滇北大商也运了块玉过来,想请瞎吕雕一尊千手观音。瞎吕笑着说:"这可得多收点工钱呀!"大商啥话没说就扔下一百块大洋,还讲明这是定金,只要瞎吕雕得好,两个月完工之后再付二百大洋。

旁人听了都伸舌头,说这下瞎吕要发了。

两个月后,瞎吕果真将大商的千手观音雕出来了。大商来提货,一看这千手观音,慈眉善目、千手千姿不说,每只手里还握有法器,胸前那手更是绝妙无比,轻挽的柳枝上水珠莹莹,甚至还能闻到一丝柳叶的清香。大商看得爱不释手,甩手就给了瞎吕三百大洋。

瞎吕也不客气,但把大洋收下后只给自己留了一点,其余的都散给周围穷人了。消息传开,瞎吕的名气从此更响了,而且大家都改口尊称他为"神雕瞎吕"。

这一年冬天,天气格外冷,一连下了三天三夜鹅毛大雪,瞎吕当年闹眼瞎时的老病根发作了,全身骨头痛得像火烧。这天,瞎吕正在炕上躺着,突然传来一阵急促的敲门声,他只好忍痛下炕去开门。

敲门的是当地城防部队的侯三,瞎吕刚将门打开,他就带着几个兵痞闯了进来。

这侯三长得贼头鼠脑,平日里做尽偷鸡摸狗的事,仗着老婆和城防长官有一腿,给自己混了个管办的差事。此时,侯三不等瞎吕开口,就拈着嘴边的一撮毛皮笑肉不笑地说:"今天城防大人过生日,他见外面雪飞满天,特地让我来叫你过去给他雕一尊雪雕,以助酒兴。这可是你的造化呀!"说罢,还朝瞎吕干笑两声。

瞎吕一听,赶紧朝侯三摆手:"能不能请城防大人缓几天?我老毛病正犯着,怕是没力气去,就是去了怕也雕不好。"

可侯三哪里听得进瞎吕这话,对手下那几个兵痞嚷嚷说:"好啊,他身子不爽,你们几个帮帮他!"

几个兵痞于是一拥而上,推推搡搡地就把瞎吕给拖出屋去。

此时,大雪还在纷纷扬扬地下着,瞎吕被那几个兵痞架到长官府的时候,眉毛上早结满了冰珠子,而此时长官府里炉火正烧得旺,几大桌人在那里喝酒猜拳,闹得可欢了。

见把瞎吕带来了,城防长官也不让他先进屋暖暖身子,马上就叫他在院里做雪雕。没办法,冰天雪地之中,瞎吕只好憋着一肚子火强撑起身子,一捧捧地堆雪做起雪雕来。

不知过了多久,等城防长官一伙人喝得醉醺醺地从屋里出来看时,他们才发现外面雪已经停了,院子里立着一尊活龙活现的雪雕,犀眼利嘴,展翅欲飞。这伙人早把瞎吕抛在了脑后,兴奋地围着雪雕看了又看,后来实在是因为冻不住,才逃回屋里去。

当晚,城防长官心满意足地搂着侯三的老婆睡下不提,只说第二天天还没大亮,侯三老婆却突然在侯三房里杀猪般地惊叫起来。这是怎么回事?

原来城防长官和侯三有约定,为遮人耳目,侯三老婆每天晚上在城防长官这里睡,第二天天亮前再回侯三房里去。所以这天凌晨侯三老婆趁天还没亮,偷偷回侯三房里,哪想掀开被子上床,却不料碰到一个僵硬冰凉的人。她借着窗户透进来的光凑近一看,侯三睁着血红的大眼,已经死了多时了,顿时就吓得大呼小叫起来。

城防长官得知消息,赶紧带着手下跑过来,一看也吓了一大跳,只见侯三光着身子,前胸后背到处是抓咬之痕,眼睛也被啄去一只。城防长官的手下"咦"了一声,疑神疑鬼地对城防长官说:"大人,这抓痕怎么像是雕的爪印? 总不会是院里那只雪雕干的吧?"

城防长官连连摇头:"这怎么可能?"城防长官是行武出身,根本不信手下这种猜疑,可他手下已经忍不住奔出去看那只雪雕了,他于是也跟了出去。

城防长官来到院里,朝那尊雪雕走去。还没走到跟前,他就发觉那雪雕的嘴里好像叼了个东西，走近一看，顿时吓得倒退三步。原来，那竟是个血肉模糊的眼泡子！再往雪雕爪子下一看，那里还雕着个人，看那样儿，活脱脱就是侯三。

城防长官简直惊呆了：明明是用雪雕出来的玩意儿，怎么就变成真的了？他顿时就气得大吼起来，让手下立刻带兵去把瞎吕抓来。

可是没过多久，手下就气喘吁吁地跑来给城防长官回话，说瞎吕住的屋子已经被积雪封住了，他们用手榴弹炸开屋门后进去看，里面空无一人，根本就不见瞎吕踪影。

城防长官气急败坏地吼道："那就把这个雪雕给老子砸了！"说罢，他手一招，立刻上来数十个士兵，举起手里的枪把子就狠命朝雪雕砸去。可不知为什么，那雪雕就像是灌了铅似的纹丝不动，连个冰茬子都没被砸下来。

就在这时，突然有个士兵大叫一声，掉头就跑。城防长官不知道他这是为什么，也顾不上骂了，好奇地凑上去看，竟也愣住了。原来，雪雕的一只眼睛此刻像受了伤似的，正在一滴一滴往下滴血，和瞎吕的眼睛一模一样。

城防长官吓坏了：难道这雪雕成精了？他气急败坏地命令手下："给我炸，炸烂它！"

只听手榴弹在雪地里一声声闷响，四周传来一片尖叫，然后院子里就安静下来了——那尊雪雕依然完好无损，而城防长官和他的手下们，却被炸得皮开肉绽，横七竖八地倒在地上。

附近老百姓闻得爆炸声赶紧跑来看，发现长官府内死寂一片，唯一能听到的，就是从雪雕眼睛里滴下的血红的水珠落在雪地上的"滴滴答答"声。

（任瑞疰）

（题图：严克勤）

沉重的诺言

故事发生在 1943 年 3 月，当时有个叫刘子宏的游击队长，带着队员们执行任务回来，在山路上遭遇大队鬼子，双方于是交上了火。

鬼子由于武器精良，人数又多，很快就占了上风。为了保存实力，刘子宏命令队员们撤退，只留下自己和少数几个队员掩护。

战斗进行得非常惨烈，刘子宏眼看着身边的战友一个个倒下，到后来就只剩下一个队员了，是刚刚从土匪那里收编过来的，他叫杜猛子。

杜猛子枪头子准，打起仗来有股不要命的狠劲儿。这时刘子宏已身负重伤，为了不连累杜猛子，他强忍伤痛，挣扎着对杜猛子说："猛子，我掩护，你赶紧跑，去追队伍！"

可杜猛子却好像没听见似的，几个点射撂倒了正冲上来的两个鬼子，然后用手一抹满脸血污，朝刘子宏吼一声："要死一块死！"

见鬼子的火力弱了下来，杜猛子背起刘子宏就朝山后跑。鬼子见只剩下两个游击队员了，便"哇哇"叫着追上来，扬言要抓活的。

杜猛子背着刘子宏，又要不时回身开枪，自然跑不快。眼看鬼子越追越近，枪弹也越来越密集，生死攸关的时候，谁想杜猛子突然双腿中弹，身子一晃，差点跌倒在地上。

刘子宏急了，一边用力掐杜猛子，一边喊："快放下我，要不我们一个也活不成！"

可杜猛子反而却像疯了似的强撑起身子向前狂奔，一直跑到悬崖边，回头看一眼步步紧逼上来的鬼子，毫不犹豫地背着刘子宏就往崖下跳。

紧追不舍的鬼子们突然被这一幕惊呆了，他们认定这两个游击队员必死无疑，于是跑上来朝崖下胡乱放了几枪，就骂骂咧咧地走了。

幸运的是这边崖下正好是一个深水潭，结果刘子宏和杜猛子都因此活了下来，只是杜猛子的腿落下了残疾，走路一拐一拐的了。

事后，刘子宏敬了杜猛子三杯酒，动情地拍着胸脯给他许下诺言："猛子，我这条命是你给捡回来的，今后只要我刘子宏不死，决不让任何人动你一根头发！"

但也正因为有了刘子宏这句话，此后杜猛子干什么都有恃无恐，时常露出点儿原来在土匪窝里沾染上的匪气。大家碍于刘子宏面，都不吭声。

过了两年，刘子宏已经是解放军某团的团长了，杜猛子也在他手下升任到了连长。

那一天,刘子宏团收复了一个县城,大家正高兴呢,不料队伍进城才两天,却出了件大事:杜猛子在城外把一个民女给强奸了。那是个性格刚烈的女子,她回家将事情告诉家人后就上吊自杀了。家人咽不下这口气,于是就联络了上百人到刘子宏这里来告状,把团部大院给堵得水泄不通。

巧的是,刘子宏这时正在和杜猛子下棋呢,听明白了是怎么回事后,当即就把棋盘给掀了,大吼一声:"来人哪,把这姓猛的给我捆起来!"

手下自然立刻听命上前,将杜猛子捆了个结结实实。

刘子宏神色严峻地走出屋子,站在院中央,对来告状的那百多号人说:"我的部下做出这样的事,是我军纪不严,我难辞其咎。请乡亲们放心,两天之内,我一定给大家一个交代!"

那百多号人一听,这才散去。

此时,杜猛子尽管被反绑着手,却满脸不在乎,因为他认定:刘子宏这只是在做样子给那帮人看。

当天晚上,刘子宏让副手将杜猛子审讯完毕,签字画押后把他带到屋里。杜猛子进门一看,见桌上摆着四个菜,还有一坛酒,他猜不透刘子宏这是什么意思,就不觉有些发呆。

刘子宏像往常一样拍拍杜猛子的肩,说:"猛子,来,咱哥俩痛痛快快干它几碗。"说着,他就提起坛子,斟了满满两大碗酒,与杜猛子一干而尽。

杜猛子借着酒劲对刘子宏说:"团长,我知道你不会杀我,你是个守诺言的人。"

刘子宏朝杜猛子点点头,又微微一笑,说:"是的,我说话绝对算数,我说过的,只要我刘子宏不死,决不会让人动你一根头发。"

见刘子宏此时此刻还这么说,杜猛子彻底放了心,于是就敞开肚量大喝起来，一直喝到酩酊大醉，趴在桌上呼呼睡去。

可不料第二天一早，杜猛子还做着梦呢，就被人从床上提起来捆了个结结实实。他又惊又怒，大骂道："你们想干什么？反了吗？"

捆他的那几个战士也不说话，一把将他推出了屋子。

一出门，杜猛子见团政委肖大海正阴着一张脸站在他面前，急忙问："肖政委，这是怎么回事？"

肖大海冷冷地瞪着他，说："你犯下什么事，难道自己还不知道吗？今天要将你当众正法。"

杜猛子这才感到事情不妙，立刻大喊起来："你们别乱来，团长说过不杀我的。我要见团长！"

肖大海根本不理睬他，朝那几个战士一挥手，说："把他带走！"

杜猛子更火了，破口大骂道："刘子宏，你这个忘恩负义的家伙！你说话不算数！你给我滚出来！你说过不杀我的！"

他这一闹，肖大海的脸色更加阴沉："带他去见团长！"

几个战士将杜猛子押到刘子宏屋里，杜猛子进门就叫："刘子宏，你有种就给我出来！"

他正歇斯底里地叫着，突然发现刘子宏平时睡觉的那张木板床上躺着一个人，仔细一瞧，正是刘子宏，可看那脸，好像已经死了多时。

"团长——"杜猛子扑上去大哭起来，"团长，你怎么死的呀？你死得真不是时候啊……"

哭了一阵，杜猛子似乎想起了什么，抹把泪，抬起头，问肖大海："团长是怎么死的？"

肖大海冷冷道："团长是自杀的！临死前，他留下了枪毙你的命令。"

"什么？"杜猛子懵了，几乎不敢相信自己的耳朵。

良久，他才恍然大悟般地仰天狂笑："高！刘子宏，你这一手可真高呀！既不违背自己的诺言，又除了我这个祸害。实在是高呀！哈哈……"

片刻，他又跪在地上号哭："团长，为了杀我，你这样做值吗？值吗？呜呜呜呜……"

一阵哭过后，杜猛子突然从地上"呼"地站起来，对肖大海说："带我去刑场吧，我认了！"

杜猛子被枪决这天，城内所有大街小巷都张贴着中国人民解放军某部团长刘子宏的"谢罪书"。

上面这样写着：

全体父老乡亲：

　　因我对部下管教不严，才出了这样的扰民大案，作为团长，我难辞其咎，唯有以死谢罪，以示我党我军严明纪律和爱民之风。

刘子宏

（邢庆杰）
（题图：刘斌昆）

滴血救仇人

多年前，江南水乡青亭县城里，有家吕氏中医诊所，祖传四代医术，专治枪伤刀痍、疮疖疽痈，在当地很有名气。吕氏第四代郎中叫吕墨林，五十多岁年纪，矮墩个儿，慈眉善目，不但医术高超，医德也好，是一个有口皆碑的好郎中。

这一天中午，吕墨林的诊所里来了两个农民模样的陌生人，说是特地慕名从乡下摇船赶来的，他们当家人得了背痈，生命垂危，想请吕郎中过去救他一命，说完，当场就付了诊金。

救人如救火！吕郎中关照过家人之后，就赶快收拾药囊，跟着这两人来到河边，上了他们的带篷小船。那两人让吕郎中在船上坐稳之后，就立即打起双桨将小船掉头往来路上摇，一口气也不敢歇，一直摇到后半夜，终于在一个地方将船靠了岸。

可谁料吕郎中刚上岸，那两人说声"得罪了"，就不由分说把吕郎中的两只眼睛用黑布蒙上了，然后一左一右架起就走。

吕郎中心里"别"一跳：这一带湘溪水网交叉，经常有土匪出没，为首的土匪头子叫"铁髭阿三"，说起来吕郎中还和他打过交道，莫非今天又被这个铁髭阿三盯上了？

说起来这还是好些年前的事，当时吕郎中的大儿子去湘溪迎亲，半路上被铁髭阿三掳了票，铁髭阿三让人传话给吕郎中，限三天时间拿三千大洋去换儿子的命。吕郎中一时哪拿得出这么多钱来？东拼西凑好不容易也只凑到一半的钱。没办法，他便赶过去和铁髭阿三商量，想先将大儿子赎出来，余下的一千五再另想办法。不料铁髭阿三见拿不到三千大洋当场就撕票，结果吕郎中不但倾家荡产，大儿子的命也没保住。

现在又遇上这个恶魔，吕郎中心里真是又气愤又紧张。

吕郎中被蒙眼走了大概有一里多路才让停下，他感觉像是到了一个屋前，有声音道："郎中请到了，郎中请到了！"随后他就被带进屋里，直到这时候，那两人才把他眼睛上的蒙布解开。

借着屋里昏暗的油灯，吕郎中发现这是一个潮湿破旧的小厢房，房间里的陈设很简单，墙角支着一张竹榻，竹榻上躺着一个人。一看这户人家的家境，吕郎中心里稍稍松了口气，因为他觉得至少这不像是铁髭阿三的住处，土匪头子不可能在这样的地方落脚。

但这到底是一户什么样的人家呢？既然有病，又为什么要用这样的方式来请他呢？吕郎中心里疑惑得很。

这时候，带吕郎中来的两人中的一个，指指躺在竹榻上的人，对吕郎中说："吕先生，不瞒你说，我们当家人是一个团长，前两天带领大家和小日本交火时挂了彩，伤势很严重。狗日的现在到处在抓我们团长，所以我们刚才只能得罪先生了，请先生一定想办法救救我们团长，日后必有重报。"

说完，他走到紧靠竹榻边的小桌前，点起两支蜡烛，让吕郎中过去查看团长的伤情。

原来这伙人是抗日游击队的！吕郎中紧张的心情这时候彻底放了下来，便赶紧走过去看。他发现，竹榻上躺着的这个团长是个粗蛮的大汉，脸色蜡黄，额头全是虚汗，满嘴角燎泡，袒开的右肩胛上碗大的伤口肿得像个坟包，人已处于昏迷状态，病情十分危急。

可是看着看着，吕郎中突然发觉这人怎么有点脸熟？借着烛光再细细一打量，脑子里竟"轰"地炸开了：这不是铁鬃阿三吗？

仇人相见分外眼红，吕郎中只觉得此刻自己浑身血液都在往头上涌，他咬牙切齿地盯着昏迷中的铁鬃阿三，拼命地在心里对自己说："沉住气，一定要沉住气，我现在是在土匪窝里，千万不能硬来。"

吕郎中想了想，决定"三十六计走为上"。他故意皱起眉头，对铁鬃阿三的那两个手下说："伤势太重，我的药根本不管用，你们还是赶紧另请高明吧！"随后，转过身子就走出屋去。

谁知就在这个时候，吕郎中被眼前的一幕惊住了：不知道哪来这么多人，他们都一地儿跪着，见吕郎中要走，齐齐喊道："吕先生，您千万不能走！您一定要救三团长的命！现在就指望您了！"

吕郎中顿时傻了眼，看这些跪地人的穿着，似乎都是穷苦的村民，他不知道为什么这些人都会来替铁鬃阿三求情，也不知道自己究竟是留还是走。

跪地的人中，这时候站起了一位白胡子老人，他开口对吕郎中说："吕先生，要不是三团长的队伍在这一带护着，咱这里不知要遭小日本多少殃了。这次鬼子扫荡，好几个村里的人都脱了险，可三团长手下却死了二十多个弟兄，他自己也受了这么重的伤……"

原来，自打抗战开始，铁嬲阿三的队伍就被浙东游击队收编了，他们虽不能说完全脱胎换骨，可却能明白大义，和鬼子真刀真枪地干过好多次仗，当地老百姓看在眼里，就渐渐地把铁嬲阿三和他的队伍当作了自家人。现在铁嬲阿三受了这么重的伤，他们都急坏了，见好不容易请来医术高明的吕郎中，就都不约而同地聚拢在屋外等消息，现在见吕郎中要走，他们怎么肯呢？

知道了事情的原委，吕郎中颤抖着嘴巴半天没说一句话。终于，他让自己平静下来，默默地转过身去，又重新走进屋里，走回到竹榻边。

吕郎中先从带来的药囊里取了一丸药出来，硬掰开铁嬲阿三的嘴，给他灌下去；随后又吩咐舀来一盆温水，替铁嬲阿三仔细清洗伤口；接着就取出一张膏药，从药囊里拿出各色各样的小瓶，一溜儿摆开，分别从这些瓶子里倒些药末在膏药上，将膏药拿到蜡烛上去烘，待膏汁稍稍融了，将它搅匀后摊平。

做完这一切，吕郎中从药囊里挑了一把小刀，又瞅瞅躺在竹榻上的铁嬲阿三，忽然举起刀就往自己手上猛刺下去，顿时就血殷满指。

一屋子的人不知道吕郎中这是做什么，都吃了一惊。

其实，这是吕氏秘传的一个方子。吕郎中断定铁嬲阿三的伤口里还埋着小日本的子弹，必须取出来，而吕氏秘传的这个方子，就是让体内嵌了异物的伤者，在受了别人的血，加上膏药里的药末刺激后，会剧烈地咳嗽，最后借这股猛力，将异物从伤口里挤出来。所以，吕郎中要用刀往自己手上刺，把刺出的血滴在已经被抹上了十几种药末的膏药上，然后嘴巴紧抿，"呼"一下把它贴在了铁嬲阿三的肩上。

吕郎中回头对铁嬲阿三那两个手下说："你们去搬个凳来，我要坐在这儿守着他。"

一个多时辰后,忽听得铁鬏阿三开始一声声地呻吟起来,接着就猛烈地咳嗽,咳得满脸青紫,气都接不上来。

一屋子的人都紧张地看着吕郎中,只见吕郎中此时从凳子上站起来,随着铁鬏阿三又一阵猛咳,他伸手把贴在铁鬏阿三肩上的膏药狠力一揭,铁鬏阿三痛得撕心裂肺地大叫,可是吕郎中却不理睬,把揭下的膏药给铁鬏阿三那两个手下看,连脓带血的膏药上,果然粘了一颗子弹头。

一屋子的人全惊呆了!

这时候,忽见铁鬏阿三猛地从竹榻上坐起来,懵懵然地四下环顾,嘴里问道:"我这是怎么啦?"

吕郎中冷冷地瞅着铁鬏阿三,喝道:"你给我躺下!"随后吩咐又去舀一盆温水来,替铁鬏阿三洗去伤口周围的脓血,仔细撒上药末,换了一副拔毒生肌的膏药贴上。

最后,吕郎中从药囊里又取出一些药丸,连同两张药膏一起递给铁鬏阿三那两个手下,吩咐说:"你们团长的性命已无须担忧,让他好生养着吧。这药每天一丸,药膏七天一换。另外请记住,最近这些日子,他的饮食一定要清淡。"说罢,就收拾起药囊,准备离开。

那两个手下见铁鬏阿三此时人已清醒,马上将事情前后经过向他报告了一遍,最后道:"团长,您的性命多亏这位吕郎中给救过来的啊!"

铁鬏阿三一双眼睛睁得大大的,盯住了吕郎中,吕郎中也一眼不眨地看着他。

两个人四目相对,铁鬏阿三忽然就"啊"一声叫起来,单胳膊硬撑起身子,挣扎着从竹榻上滑了下来。那两个手下不知他要干什么,正要扑过来扶他,却见他已经一头跪倒在了地上,对吕郎中说:"先生大肚量,兄弟我对你的杀儿之孽,这一世都难赎啊!"

吕郎中默默地看着铁鬏阿三,什么话也没说,提起药囊就顾自往屋外走。

走到门口的时候,他猛然回过头来,对铁鬏阿三道:"我只是因为听说你还有点中国人的气味,才治了你这伤。现在性命已经无碍,但愿伤好之后仍能记住国仇,我这家恨就此和你了了。"

铁鬏阿三顿时泪流满面,点着头颤声道:"兄弟以后要不听先生的话,畜生不如!"

这以后,吕郎中以民族大义为重,捐弃个人家恨救铁鬏阿三的故事,就成了远近闻名的一段佳话,留传至今。

(徐自谷)

(题图:箭　中)

了不起的鞋匠

　　有个鞋匠，长年在一所大学门口摆摊，终日饱受书香文明之脚气，天长日久参透了玄机，渐渐也变得不一般了。

　　这天，有个上访专业户来向这所大学的法学教授请教法律问题，走到学校门口，正好脚上一只鞋后跟掉了，于是便坐到了这个鞋匠的摊上。

　　鞋匠一边给上访户收拾鞋子，一边嘴里说了一句："白搭。"

　　上访户眨眨眼睛，问他："什么白搭？"

　　鞋匠说："什么都白搭。这双鞋白搭，你这趟来白搭，你这十年上访也白搭。"

　　上访户非常惊讶："你怎么知道我是个上访的，而且已经上访了十年？你又怎么知道我这趟是为啥事来的？"

鞋匠不说话，从身后掂出一个小牌，专业户一看，倒吸了一口凉气。

原来，小牌上写着一副对联：能知过去未来前后左右，善解疑难杂症人间祸福。横批：有偿咨询。

大凡上访专业户都爱较真，今天这位也不例外。他看这鞋匠蛤蟆不大口气不小，就决定出个难题挫挫他，于是就笑着说："那我就先咨询一下，你这价钱怎么说？"

鞋匠还是不说话，伸手把牌子调了个个儿，上访户一看，上面也有字儿，写的是：满意给钱，多少自愿。

上访户乐了："嘿，我看你这人挺有意思。你说说，你看我多少岁数了？"

鞋匠眼皮都没抬，冷冷道："你不过吃了三十四五年的饭，想得老年痴呆症还早哪！"

上访户奇了！为啥？他上访十年来风霜愁困，再加上对头迫害，早早就发稀齿少，眼角平添鱼尾纹，一脸风干橘子皮，这一路走来，上车有人让座，下车有人搀扶，尽管才三十四五岁的年纪，可人家都把他当老大爷待了，却不料这鞋匠眼皮都不抬一下，就能准确报出他的年龄。上访户立刻对鞋匠刮目相看，大拇指一翘，脱口赞他一个："神仙！"

鞋匠说："神个屁，只不过是我看人多了而已。你想，少年郎走路蹦蹦跳跳，前脚掌磨得快；中年人走路老成持重，鞋底磨得均匀；老年人走路，用脚后跟使劲，那自然就是鞋后跟磨得快了。"

上访户见鞋匠说得头头是道，哪敢小瞧他，追着问："那你怎么知道我这趟来是白搭？"

鞋匠冷笑："先有脚，后有鞋，最后才有路。领导是脚，教授是鞋，法律是路。脚不走路，找鞋白搭。"

上访户一听，嘴里不住地念叨："脚不走路，找鞋白搭……脚不走路,找鞋白搭……"叨着,叨着,他就像是被鞋匠一语点醒了的梦中人,忽然就万念俱灰地号啕大哭起来。

过路人见了都围上来看热闹,有人见他哭得可怜,还往他跟前扔钱。

鞋匠却不理会他,自顾埋头修补他那双掉了后跟的鞋。

最后鞋匠把鞋收拾好了,上访户这时候也已经"大雨转阴天",围观的人也就陆续散了。鞋匠把鞋交给上访户,面无表情地说:"拿钱。"

上访户默默地从众人扔给他的零钱里捡出两张递给鞋匠,然后把鞋穿上脚,转身就走,也不再进学校去拜访法学教授了。

可是走着走着,上访户觉得鞋里好像有东西硌脚,就忍不住停下来脱鞋,一硌,竟从鞋里掉出一个鞋钉帽,断茬崭新,是刚被钳子夹断的那种。但出乎他意料的是,竟同时还从鞋里掉出一张纸条来,上面写着一个车牌号,下面还有一行字:周末去各大宾馆停车场找此牌号车,将上访材料夹在车雨刷上即可。

上访户傻眼了,他不知道那鞋匠是什么时候写的这条,又为什么要这么给他。不过既然鞋匠在纸条上这么写着,他决定试试。

周末这天,上访户就拿着鞋匠写的纸条到各大宾馆去,在停车场上到处找车,可根本就没见有这个车牌号的,又去宾馆门口等,也没见影。他不禁对鞋匠将信将疑起来,可又觉得鞋匠不像是在给他开玩笑,于是第二个周末就又去找,又去等;第三个周末又去……果然,一个月之后的那个周末,这个车牌号的车终于被他找到了,他忙悄悄把自己的上访材料夹在了那辆车的雨刷上。

令上访户惊讶的是,只过了一个星期,他的上访材料就有了回应,不久之后,他奔走十年一直在申诉的冤屈之事,终于得到了公正的处理。这下他对那个鞋匠真是佩服得五体投地,于是赶紧跑去学校门口，将身上仅剩的一把零钱全掏出来给他，说："我真是服了你了！可是不好意思，我身上只有这点钱，我能不能再咨询你三个问题？第一，你怎么知道我的事情是冤枉的？第二，你怎么知道我是从那地方来的？第三，你又怎么知道那个车牌号的车主一定会管我的事？"

鞋匠笑了，不客气地把上访户给他的一半零钱捋进了口袋，一半又还给了对方，说："我告诉你吧！第一，我看鞋知脚，你已经跑了十来年了，如今还跑，肯定这事儿是你占理。第二，我看鞋知产地，这种鞋只有那个地方做，那个地方的人穿，所以你十有八九就是那个地方的人。第三，难道你没注意？那个车牌号就是你们那里的，而且根据那牌号，车的主人在你们当地应该级别不算低，那自然就能管你的事。你把上访材料夹在他车的雨刷上，他就会怀疑你可能掌握他的行踪，如果他已经做下了什么不可言传的事，那么他就会以为把柄被你抓住，惊恐之下就不会不管你的事。嘿嘿，要征服一个人的脚，高山大川可能奈何不了，而一粒小小的沙子却往往能办到啊……"

上访户心悦诚服地听着鞋匠说这番话，还不住地点头。从此，他干脆拜在鞋匠门下，学起了鞋文化。

（张东兴）

（题图：黄全昌）

治 怪 病

老何退休后,一个偶然的机会认识了老江,两人渐渐成了棋友,只要不是雨雪天,他们每天下午都要在汉江边品茶下棋。

这天老何和老江下棋时,来了个观棋的中年看客,因为老在旁边指点点,老何就说他多嘴,谁料看客自己不觉得,于是就和老何吵起来。老江见此情景,忙岔开话题对那看客说:"先生,你近来是不是感到身体不适?"

看客摇头答道:"我身体好好的,没有什么不舒服。"

老江让看客把舌头伸出来给他看,说:"你肠胃有毛病,快到医院去检查检查。"

看客觉得老江这是在找借口要支开他,想想再待下去也没味道了，只好"哼哼哈哈"地走人。老何于是便继续和老江下棋，直到天快擦黑了，两人才起身回家。

走到半路上，他们看到有人倒在地上，捧着肚子"哇哇哇"地直喊爹叫娘，走近一看，竟就是刚才那看客。围观者中有好心人立刻将他送去了附近医院，后来传说那看客是胃穿孔出血，因手术及时才脱离了危险。老何听说后，回想起当时老江对那看客说的肠胃有毛病的话，觉得非常惊讶。

真正让老何对老江刮目相看的，是半个月后的一件事。

当时，他们两人坐在江边下棋，歇息的时候，老江看着老何，突然说："我估计你肾脏有毛病，你去医院查查吧！"

老何虽然年近七十，但平时身体非常健康，他常说自己是"七十岁的人，三十岁的心脏"，但后来想起那看客的事，他心里就有点疑上疑下起来，所以第二天还是去了医院。没想这一查，还真查出了肾结石的毛病，医生说，因为结石刚刚形成，加上老何身体底子好，所以他才没有什么感觉。

老何这下对老江佩服得简直五体投地，便问老江退休前是哪个医院的医生，老江笑着说："我一生虚度，哪敢称医啊？"

其实，老江祖上世代行医，名气很大，老江父亲的医术更是精深。可遗憾的是父亲一生坎坷，所以临死前再三叮嘱老江从此不要行医。老江自幼受环境熏陶酷爱医道，但后来尽管已经从中医学院毕业，他还是遵从父亲遗愿去当了一名小学教师，晚年退休后随女儿来汉江边颐养天年，以前事情再不提起。

但老江越否认自己是医生，老何就越觉得他医术渊博。老何有个孙子，从财经学院毕业后在一个企业任职，最近组织部门考察干部，准备要提拔他。孙子这么有出息，老何当然乐不可支，他脑子一动，便把孙子带来让老江瞧瞧，为的是万一有什么隐疾，好趁早医治。

老江碍于情面，只得从命。他伸手在老何孙子的脸上抚摸起来，当摸到下巴时，他的手稍微停顿了一下，闭着眼睛自言自语道："天地阴阳，风寒暑热，各因其人体气以受病，各因其地时气以致疾。人生一小天地，日月之食难免，但只要本体强健，日损月缺转瞬便可复明。"

老何站在旁边，听得一头雾水，后来见老江并没多说什么，这才放下心来。果然，老何孙子不久就被正式提拔，走马上任后一路仕途更是了得，两年后竟升任当了财政局副局长。外界纷纷传说，再过两年局长退下来，这个职位非老何孙子莫属，老何听了心里乐的呀！

不料就在这关键时候，老何孙子却得了个不大不小的病。什么病？下巴上长了个瘤子，虽说是良性，可医生动手术把瘤子割了，被割去的地方不久又长出个新瘤子。如此割了长、长了割，老何孙子天南海北跑了不少医院，骨头刮了一层又一层，可不但没有根治，反而成了骨坏死，连张嘴吃饭都困难了。

人到了这份上，不能吃喝，不能讲话，整日求医住院的，怎么能再当领导？偏偏就在这时，局里对干部进行测评，老何的孙子当然被撸下来了。没过多久，局里精简机构，老何的孙子又被精简下来了。

孙子落到这般田地，老何起初只是心里难过，后来就把气出到了老江头上。不是吗？孙子赴任前，凭老江这么高的医道，为什么就没有看出他体内潜在的疾患？再细细一回忆，老何的气就更不打一处来了，因为他想起老江当时抚摸他孙子的脸时，手曾经在下巴上停顿过，孙子现在这个怪病，会不会是老江当时有意做下的手脚？老何真想当面向老江问个清楚，但又觉得自己证据不足，再说以前和老江也无冤无仇，情理上说不通，于是只好把话憋在心里。

就这样，老何心存芥蒂，从此就不愿再和老江喝茶下棋了。

但是老江对此并不计较，没过多久，他得知老何孙子的情况后，就立刻亲手配制草药和膏药送去给老何。说奇也真是奇，老何的孙子自从服用了老江送来的药后，病情马上就开始好转，两个月后，连骨坏死的症状都消失了。

老何在敬佩老江医术的同时，又打骨子里恨他：我和你前世无仇、今日无冤，就算我孙子的病不是你做的手脚，那你为什么不早点明明白白把它说出来，而要毁他一辈子的前程呢？你不该直到今天才来出手相救呀！因此，孙子痊愈后，老何没有向老江表示过哪怕是一丁点儿的感谢，老江打电话来询问，他也只是敷衍几句，更别说是见面了。

一年后，老何孙子的继任者因贪污受贿东窗事发，被判了死刑。消息传来，老何惊出一身冷汗，把事情前前后后联系起来一想，他突然明白过来了。这天，他特地买了贵重礼物去拜见老江，见面后还没开口，两行泪水就先流了下来。

老江一时不解，问他："你孙子已经可以上班，又留在身边，这不是天大的好事吗，怎么还流泪？"

老何说："你呀你，真不该瞒我到现在。"

老江一听老何这么说，知道他心里已经明白过来了，便笑道："不是常说'正气不固则难抵世风邪气入侵'嘛，我当时察觉你家那小子心欲小而胆欲大，怕你们落得个家破人亡的结局，所以才出了如此下策。"

老何一听更加感激不已，不过也嗔怪老江："这话你当初就该说出来嘛！"

"我又不是算命的，话只能点到为止啊。"老江一边说，一边拉上老何，"走走走，往事不提了，咱们还是去老地方痛痛快快杀它两盘！"

（尹全生）

（题图：罗培元）

奇 谈 怪 论

世上本无那么多诡谲之事,大凡心里有鬼,便看什么都是古怪,瞧什么都很稀奇了……

烤芋高人

　　城北菜市场小食摊儿挺多，市委办公室秘书高健每天都去那里吃早点。这天一早，高秘书刚走到菜市场门口，就看到一胖一瘦两个光头在那里吵架，胖子举起扁担要劈瘦子，瘦子操着杀猪刀要捅胖子，两人那架势，吓得围观的人都退得老远。

　　高秘书看不下去了，一个箭步冲上去，用手里的公文包挡着双方的扁担和刀子，大叫："别打了！你们别打了！我有话说。"随后，他跨上一步，凑到瘦子耳旁，动了几下嘴皮子，瘦子立马放下了刀；又转个身凑到胖子耳边，叽咕了一阵，胖子也把扁担收了回去。然后，两个光头都狠狠瞪了对方一眼，头也不回地各自走了。

　　围观的人见没了戏看，也散了。

　　高秘书松了口气,于是就准备去食摊吃早点。就在这时,他突然瞥见不远处有个卖烤芋的老头在向他招手,这老头看上去六十多岁年纪,一身粗布衣裳,显得非常利落。

　　高秘书走过去,问他:"老人家,有事吗?"

　　老头指指放在烤炉上的一个大芋头,对高秘书说:"最后一个了,送给你吃吧。"

　　高秘书要掏钱,老头拦住说:"钱我不要,只是想问问你,刚才你是不是用一骗二唬的办法,把那两个打架的给拦下了?"

　　高秘书很有些得意,点头说:"是呀! 其实我对他们说的都是一样的话。我说,对方那人我认识,是黑社会玩命的货,刚从大牢里出来,你跟他斗划不来的。嘿嘿,我只不过是使了点雕虫小技,没想这一招还挺管用。不过话说回来,这菜市场早就该扩建了,摊位摆得这么挤,磕磕碰碰的,能不吵架吗? 哎,对了,老人家,你怎么知道我用的这招儿?"

　　老头淡淡一笑,瞥一眼高秘书,说:"我还知道,你……是干秘书的吧?"

　　"你……"高秘书不由吃了一惊,他瞪着老头,想不起来自己是在什么时候、什么地方见过这个人。

　　老头见高秘书愣在那儿,笑了,说:"不瞒你说,我是看你穿的衣服才猜出来的。你想嘛,穿衣服后襟短、前襟长,定是秘书不带'长'。秘书跟领导接触的时间最多,整天弓着腰,天长日久成习惯,腰自然有些弯,所以才会把衣服穿成这样。"

　　高秘书一听乐了:"那秘书长该把衣服穿成啥样呢?"

　　老头说:"秘书长跟秘书不一样,他挺着肚子后襟长,因为手中有权了嘛!"

　　高秘书忍不住"扑哧"一声笑出来:"有意思! 有意思!"

　　高秘书还想说什么,可话没出口肚子就先叫了起来,因为早点还没吃嘛,于是他就去拿老头烤炉上的芋头。岂料刚伸手过去把芋头拿起来，就烫得"哎哟"一声扔了直甩手。

老头一见，连连朝高秘书摇头，说："不通，不通。"

高秘书不解："什么不通？"

"你官运不通，"老头给高秘书解释，"小伙子，今早这条街上，你算是个人物：体恤民情，有官德；关注民生，有才识；临危不乱，有勇谋；你是块当官的好料。可手中无权难办事，虽有大志也枉然，你得先有'位'才能有'为'。我看你啊，不会吃这烤芋，自然官运不通，遗憾啊！"

听老头越说越有板有眼，高秘书认真了，他给老头拱拱手，说："恳请高人指点！"

老头看一眼高秘书，指着芋头，边说边示范："这烫芋头好比官儿，你若想用最短的时间吃下它，就得练好几手功夫。一是要学会'捧'，你得把它搁在手心里，捧上捧下，这样散热快，不能心急，否则会丢了芋头伤了手；二是要学会'拍'，烤过的芋头难免有点焦，你得细细拍周全，轻重适度，它自然皮松肉软；三是要学会'吹'，你得对着芋头使劲吹，边吹边吃，吹得越用劲吃得越快，要不烫坏了嘴巴自然也就吃不成了……"

老头说得头头是道，高秘书竖着耳朵听得连眼睛都不眨一下。后来抬手一看，马上就要到上班时间了，只好向老头道别："老人家，多谢指教，明天再来拜访。"说罢，连早点也来不及吃，就匆匆忙忙上班去了。

第二天，高秘书起了个大早，兴冲冲地去拜访烤芋老头，不料根本不见人影，问隔壁摊主，说是老头自称要去别处"度人"。高秘书不死心，一连去了三天，可是都未能如愿。

一晃三年过去了，高秘书成了高副市长。有天晚上，他从饭局出来，坐上轿车匆匆往宾馆赶，谁知车还没到宾馆门口，司机就"吱"一声来了个紧急刹车。高副市长微眯醉眼，迷糊中看见车前挡着个老头，便叫司机下去问问是怎么回事。

没一会儿，司机回来说，挡车的是个卖烤芋的老头，他说他是高副市长的罪人，挡车的目的是要当面向高副市长谢罪。

高副市长一听"谢罪"二字，浑身一震，酒立刻醒了，仔细一看，这卖烤芋的老头正是当年那位烤芋高人，于是赶紧下车招呼："原来是恩人啊，老人家何罪之有？"

"罪人！我真有罪啊！"路灯下，老头脸色苍白地对高副市长说，"那天你忙着去上班，我也是一时大意，居然忘了告诉你吃烤芋的大忌，才酿成今日之大错啊！"

"吃烤芋还有大忌？"高副市长心里猛一惊，"什么大忌？高某现在洗耳恭听。"

"太迟了。"老头边摇头边说，"烤芋味儿虽然香甜，但不可太贪食，否则必伤肠胃。若是肠胃伤了，臭屁必多，走到哪儿都臭不可闻啊！"

高副市长这几年在升官路上可谓是青云直上，不过虽然官财色运亨通，但他已感深陷淤泥而不能自拔。此刻，他听出了老头这番话的弦外之音，不由出了一身冷汗。

他问老头："你这话是什么意思？你到底是什么人？"

"我说这话是什么意思，你心里应该明白。"老头凄然一笑，继续道，"还记得十年前金湖市委钱书记因收受贿赂坐牢的事儿吗？我就是十年前的那个钱书记。从牢里出来后，我就继承家传的烤芋手艺，在市井中混日子。不瞒你说，那天我从你身上看到了我年轻时的影子，一时兴起，就想助你干番事业，不想却害了你。唉，这烤芋你是不能再吃了！"

高副市长听罢钱老头这番话，愣住了。

钱老头看着他，深深地叹了口气，摇摇头，然后就转身走了，一边走一边吟："秋风凉，芋叶黄，一茬新芋又飘香……"

（袁　翼）

（题图:黄　勇）

谁绑架了马老板

　　大象建筑公司的马老板被人绑架了,晚上十点,马太太接到绑匪电话,吓得脸灰白,她带着哭腔哀求说:"你们别伤害他,提什么条件我都答应,而且决不报警。"没想对方条件很简单,说只要把给靠山屯民工队的工钱付清就行,否则就撕票。

　　马太太知道,靠山屯民工队一共有三十个人,在工地上干了快一年了,人均工钱大概在三千元出头点,就是三十个人加起来也不会超过十万。她不禁松了口气,连忙朝电话那头喊:"照办,照办! 我一定照办!"

　　放下电话后,马太太立刻从马老板放在家里的保险柜里拿出十万元,打个出租直奔工地。

　　民工们这时候还没有休息,看到马太太来,个个怒气冲天,都瞪眼瞧着她。

马太太心里发毛，急忙讨好地赔上笑脸，又赶紧从包里把钱拿出来，对坐在靠近大棚门口一个叫刘铁杉的民工说："大兄弟，这是十万元，你数数。前几天马老板只顾在外面收账，忙得都没过来看望兄弟们了，还请你们多多包涵。"

刘铁杉看上去二十五六岁年纪，穿着一身洗得发了白的军装，这有点显出他在大棚里的与众不同。他从马太太手里接钱过去的时候似乎愣了愣，想说什么，但没开口，然后就开始把钱按人头往下分。刘铁杉是这个民工队的头，每人三千三，这账他算过好多遍了。

分到最后，还剩三百元，刘铁杉把它还给马太太。马太太说："给兄弟们买包烟抽吧！"刘铁杉冷冷道："是我们的钱，一分也不能少；不是我们的钱，多一分也不要！"

马太太讨了个没趣，只好把三百元收起来，然后赔着小心说："工钱我一分不少照付了，也没有报警，你们能不能快点把马老板放了？"

刘铁杉一怔："你说什么？马老板为了躲我们，一连几天都不来打照面，我们根本就没见过他，还谈什么放不放的？"

马太太一听，忍不住脸拉了下来："你们绑架马老板，把恐吓电话打到我家里，不是说好给了钱就放人吗，怎么现在钱到手你们就翻脸不认账了？"

刘铁杉被马太太这么一说，眉头皱紧了。为啥？马太太突然拿钱来，他就觉得很奇怪，现在看来，马老板是真的被什么人绑架去了。他顿时感到了问题的严重性，便提醒马太太说："我们这几天真没见过马老板，不管你信不信，现在应该马上报警。"

见刘铁杉不像是在开玩笑，马太太不禁害怕起来：那个要钱的电话到底是谁给自己打的呢？丈夫现在到底在哪儿呢？她于是赶紧拿出手机，拨通了110。

警察很快就来了,而且巧的是,为首的大个子竟就是刘铁杉曾经的战友,为了向马老板追讨工钱,刘铁杉前几天还去找过他。大个子让一起来的警察留下,向其他民工做进一步调查,他自己则把马太太和刘铁杉带回了局里。

马太太一口咬定是这些民工绑了马老板,否则谁会操这份闲心来为他们讨要工钱?大个子觉得马太太这话不无道理,于是就让刘铁杉再好好说说民工们的情况。

民工们的情况其实刘铁杉在早几天找大个子的时候就已经谈起过了。刘铁杉是两年前复员回乡的,见靠山屯山穷水恶不养人,一部分乡亲连温饱问题都还没解决,他心里挺着急,于是就在去年春节后组织了三十个青壮劳力进城来打工挣钱,尽管马老板派给他们的是工地上最脏最累最苦最危险的活,但大家要挣钱啊,所以也愿意干。可眼见得春夏秋冬一年过去了,民工们也该回家过年和亲人团聚了,可谁知马老板却用一张白条来打发他们,说:"你们明年还来干吧!明年来了,就给你们领今年的工钱。"

这是人话吗?不分明是在耍赖嘛!民工们愤怒不已,一个个把马老板恨得咬牙切齿。刘铁杉心想:这些兄弟都是自己从家乡带出来的,为他们追讨工钱我责无旁贷。于是就天天去找马老板交涉,可马老板之后就深藏不露没了踪影,任刘铁杉跑肿脚脖子去找上级部门,找有关领导,都无济于事。民工们于是就聚在工棚里商量对策,几十个人都眼珠子血红地骂马老板,可议论纷纷却又莫衷一是。

刘家兄弟大狗和二狗,当初都跟着刘铁杉出来打工,可前两天家里捎来信儿,说母亲病危,二狗就先回去了,让大狗在这里等着拿了工钱再走。可眼见得讨要工钱无望,不就等于要了他们母亲的命吗?大狗气得一拳砸断了两块砖,吼道:"哼,我绑了炸药去马老板家,他给钱咱不说,他要不给,咱也不活了,与他全家同归于尽……"有人这时候就把大狗的话打断了,提议说:"咱为啥要干送命的事?咱不如把马老板绑了,到时候不怕他不给咱工钱……"

大个子一听刘铁杉说到这里,赶紧朝他摆手:"谁说的这话?"

刘铁杉见大个子当了真,忙解释说:"他们也许有铤而走险的动机,却没有作案的时间,因为我当时就制止了这种过激的言论,而且这以后我就一直坐在工棚门口,一个也不准他们离开。"

马太太可不同意刘铁杉这么说:"没离开不等于没作案,既然他们有了这念头,自己不做,还可以叫别人去做啊!"

大个子问刘铁杉:"工棚里的人出不来,外边有人进去过吗?"

刘铁杉想了想,说:"大狗的妹妹兰香来过,不过她没有进工棚。"

大个子追问:"他妹妹是干什么的?"

刘铁杉叹口气,极不情愿地说起了兰香。

原来,兰香是靠山屯里的第一个高中生,可惜高考时以一分之差落了榜,家里穷,无力供她复读,她就跟着几个同学一起去南方打工,也不知道干的什么活,反正每月都往家里寄钱。后来时间长了,外屯渐渐起了风言风语,说兰香在外边当小姐,操的是皮肉生意,说得屯里人都因此而感到奇耻大辱,大狗一家更是抬不起头来,他们有心想说说兰香吧,可兰香居无定所,只给家里留了一个传呼号码。后来,当兰香又一次给家里寄钱时,大狗爹气得当场就撕了汇票,并且通过传呼电话告诫兰香:从今往后,一不准再给家里寄钱,二不准再登刘家门一步。也就是说,老刘家不认这个闺女了。

有道是"家丑不可外扬",如果不是警方办案需要,包括刘铁杉在内的刘姓人,都羞于提起兰香。可想不到的是,兰香不但也在这个城里，而且昨天傍晚竟摸到工地上，站在工棚外怯怯地喊大狗一声"哥"。毕竟是亲兄妹，兰香只一声喊，大狗就听出了是妹妹的声音，他怕兰香进工棚丢人现眼，连鞋也没有穿就跑了出去。

刘铁杉怕出意外，赶紧悄悄跟了上去。只见兰香拿出一叠钱给大狗，怯生生地说："哥，把钱捎给咱娘，我忙，春节就不回去了。"可大狗没接，狠狠"呸"了一声，说："不干不净的钱俺娘不会要，你快滚!"说完，就回了工棚。兄妹俩见面前后不到三分钟，说的也就这两句话，刘铁杉对大个子说："可见马老板绑架的事与我们民工毫不沾边。"

眼看都快半夜十二点了，刘铁杉这边问不出个子丑寅卯，绑匪那边又没有一点消息，马太太急得直跳脚，冲着大个子嚷嚷说："你们警察是吃干饭的啊? 快点去找人啊!"

大个子扫马太太一眼，说："光着急有什么用? 现在只有等绑匪电话来，只要他们一来电话，我们就能通过技术手段弄清他们位置，找到马老板的下落。"

一直等到第二天上午八点，马太太的手机总算有了动静，不过不是绑匪打来的，而是马老板的呼叫。马老板在电话里直埋怨马太太："小保姆说你一夜未归，你哪里去了?"

这么说，马老板已经到家了? 马太太长出了一口气："绑匪没有伤害你吧?"

电话那一头立刻传来马老板莫名其妙的声音："什么绑匪? 神经病! 我不过是和朋友打了一夜麻将，大家说好不开机的嘛!"

闹了半天是一场虚惊，马太太气急败坏地说："可我已经把十万元付给民工了，还在公安局里待了一夜，吓死我了!"

马老板在电话那头骂："什么乱七八糟的! 你这个蠢女人，回来，回来再说。"

马老板一点不追问付给民工十万元钱的事,这让大个子觉得奇怪,他决定带上刘铁杉去马老板家看看。果然,马老板一见大个子就坚决否认自己昨晚被绑架,而且表示,不管是谁给马太太打这个电话,他都不想再劳驾警方深查细究。

大个子察觉马老板心里一定藏着什么,就严肃地对他说:"希望你配合我们把昨天晚上的情况说清楚,如果确实是在打麻将,那么就具体说说,你在什么地方打,与谁打?"大个子一边说,一边拿出了记录本。

马老板悄悄瞥一眼马太太,小声对大个子说:"我们去外边说好吗?"

大个子于是不露声色地把马老板带到停在外面的警车上,马老板这才无奈地说出了事情的真相。原来,马老板这阵子在外面看上了一个不错的小姐,谈好包租一个星期,昨晚他就是去了小姐那里,两人喝酒泡澡,然后就上床翻云覆雨。如此良宵,自然是要"请勿打扰"的,因此马老板早早就把手机关了。也许是玩得太累,这一觉就睡到了今天上午八点,他这才回自己的家。

那么,给马太太的电话难道是那个小姐打的?大个子让马老板带路找人,结果到小姐那里一看,已是人去屋空。房东说小姐昨晚就办了退房手续,今天上午马老板前脚走,那小姐后脚就离开了。

既然是这样,大个子便表示:"马老板确实没有被绑架,还民工们的欠款又是应该的,这事情就到此为止吧。"

然而,刘铁杉却从马老板的描述中,认定那小姐就是兰香。他摸摸兜里的三千多元工钱,心里很不是滋味:那么多部门都推诿不管的事儿,最终却让一个三陪小姐给解决了,对于这个给靠山屯的刘姓人家带来奇耻大辱的兰香,今后该怎样看待她呢?

(曲凡杰)

(题图:王申生)

倒霉王他爹

沿海某市曾一度赌风猖獗,很多不务正业的人挖空心思研究赌博技巧,希望可以从中找到赢钱的窍门,王勇就是其中的一个。

为了能在赌场上捞一把,王勇真是想尽了点子。刚开始,他按照张半仙的指引,每次去赌场前都给财神爷烧香,挑好时辰出门,甚至连下赌注时站的方位也要事先算好,可是半年下来,不仅颗粒无收,反而还欠下了万儿八千的赌债。后来,他又从一位赌友那里得到秘诀:进赌场的时候,先要物色一名红光满面、财运正旺的赌徒,如果看到他连赢三次,那么第四次他买什么自己就跟着买,这样十有八九会赢钱。王勇照此做了,实战半年有赢有输,可再算算,发现余钱没有,赌债却翻了一番,这一来,他真有点气馁了。

这天，王勇在街上闲逛，忽然半空中掉下一个垃圾袋，刚好砸到走在他前面一个男人的头上。王勇心中暗笑：这家伙真倒霉！他捂着鼻子想赶紧从那男人身边走过去，谁知无意中却发现这个男人有点眼熟，使劲儿一想，嘿，还真让他给想起来了：上星期在公共汽车上，有个小偷偷了人家钱包，失主发现后寻死寻活，于是一车人都要司机把车开到派出所去查个彻底，小偷顿时吓坏了，就将钱包塞到旁边一个民工的衣袋里，自己趁车门开时跳下车跑了，结果那个替罪羊民工被大家逮了个正着。

王勇认出这个被垃圾袋砸到的男人就是那民工，不禁幸灾乐祸地多看了他两眼，还在心里安慰自己说："和这小子比起来，我可要走运……"岂料他心里这话还没说完呢，只见那男人脚下踩到一块西瓜皮，"扑通"一声重重地滑倒在了地上。

这时候，王勇心里突然冒出一个奇怪的想法，他收住笑，走过去扶起那男人，替他拍去屁股上的尘土，愤愤不平地说："有些人就是缺少公德，西瓜皮能这样乱扔吗？要是摔伤了，咱到派出所告他去！"

男人见有人给他打抱不平，自然感激万分。这个男人叫李金，从农村出来打工几年了，还从来没有被城里人正眼瞧过，现在他见王勇对他这么仗义，便给王勇叹起了苦经："大哥，俺从小到大就没有走过运，总是处处碰壁。出来打工第一年，包工头在工程结束前一天卷着工程款逃走了，俺一分工钱没拿到；第二年遇到的老板不坏，可俺自己不小心，上班时把工友的一个手指弄断了，那年的工钱全部赔给人家当作医药费了；第三年俺好不容易攒了些钱，原以为生活会有点转机，没想却更加倒霉，俺一时糊涂，跟着工友出去偷腥，也就那么一次，可没想一次也中招，那娘们给俺惹上了性病，俺辛辛苦苦攒的几个钱全都用来看病了。现在，俺出来已经第四年，口袋空空不说，最可气的是一个星期前,俺也不知怎么回事,在公共汽车上竟被当作小偷抓了。唉——"

李金看王勇是城里人,便问他:"大哥,俺现在倒霉透顶了,你能不能指一条生路给俺?"

王勇心里已经打好了小算盘,便不动声色地问:"你会不会赌钱?"

李金一听就蔫了:"大哥,这事儿就甭提了!本来俺在家里好吃好住的,就因为俺把爹妈的棺材本输光,还欠了一屁股的赌债,这才跑出来的。"

王勇一听这话正中下怀,高兴地拍着李金的肩膀说:"老弟,你放心,以后你就跟着大哥我,大哥吃饭你就不用喝粥!"王勇当然不会做赔本的生意,他收留李金自有他的道理,在帮李金收拾整齐之后,他便领着他直奔地下赌场。

进了赌场之后,王勇其他花样都不玩,直接把李金带到买大小的摊位。他让李金看了一会儿之后,就压着嗓子问他:"说说看,这盘是大是小?"

李金哪里敢开口?如果能猜准,他还会沦落到现在这地步?于是赶紧摆摆手说:"大哥,你自己玩,俺在旁边看着就痛快了。"

王勇不高兴了:"让你说你就说,少啰唆。"

李金见王勇脸拉长了,他害怕得罪这个米饭班主,于是心一横,便从牙缝里挤出一个"大"字来。可没想,骰盅一开,却是"小"。

王勇一连试了李金几次,每次结果都是这样:李金说买大,结果就是开小;李金说买小,结果偏偏就开大。李金接连受到打击,像条霜冻的茄子,彻底蔫了,可王勇心里却暗自高兴,因为他要的就是这种结果。

试了几次之后,王勇决定玩真的了,他拿出一百块,问李金是买大还是买小。李金当然更加不敢说了,面有难色道:"大哥,你管我吃住,对我这么好,我可不能连累你输钱。"

可王勇却鼓励他:"只管说,输了钱是我的,赢了大家分!"

李金没办法,只好怯怯地说买小。

王勇狡黠地看了李金一眼,却把赌注放在买大的地方,结果真赢了!接下去,王勇每一次都这样和李金说的反着干,十几局下来,竟每次都能赢钱,他简直乐傻了。

不一会儿,旁边的人发现王勇每次都能押对大小,便纷纷跟着他下注,庄家一看这个阵势,知道来了高人,立即报告老板林大发。林大发便派高手来严密监视王勇,可是高手也发现不了王勇作弊的破绽。

林大发在江湖混了这么多年,当然由不得王勇这种小混混在他的地盘上捣乱,可现在王勇赢钱人人皆知,如果他突然有个三长两短,不用猜大家也会知道是他林大发干的,以后谁还敢来他的赌场?

不过硬的不行可以来软的嘛!当晚,林大发就让手下人去收买王勇的情妇丽丽。丽丽是个认钱不认人的主,况且王勇以前一年到头总是输钱,没给过她多少甜头,现在丽丽拿了林大发的好处,当然答应帮忙,立即就去找王勇探他的口风。王勇被丽丽三杯黄酒灌下肚,加上赢钱之后飘飘然,经不起丽丽三言两语,就一五一十地把自己怎么认识李金这个倒霉王,又怎么利用李金的霉气来赢钱的经过,一五一十全给说了出来。

第二天晚上,王勇酒足饭饱之后,又拉着李金去林大发的赌场。王勇用昨晚赚来的钱,不仅将过去的赌债全部还清,还留下了不少赌本;李金尝到了甜头,也变得兴致勃勃。两人心中有了默契,都打算今晚大干一场,赚够了赌本就去澳门赌场赚大钱。

可没想昨晚这一招今晚却不灵了,赌局开出来的结果竟然和李金猜的一模一样。在连输几局之后,王勇见势不妙,便不和李金说的反着干了,而是李金说什么他就买什么。可这样一来又不对了，开出来的结果又和李金说的相反了。

眼看手上的钱越来越少，王勇急得满头大汗，可林大发却在旁边得意地说："怎么样，不敢玩了？"

王勇本想就此收手，等手气好了再赌，可被林大发这么一激，就又昏头昏脑地继续赌了下去，结果没多久，他手上的钱全部输了个精光。

王勇灰溜溜地正准备离开，突然留意到自己身边有一个六旬老头，脸上戴着墨镜和口罩，看上去一副神秘莫测的样子。王勇顿时恍然大悟：此人一定是林大发请来对付自己的高手，怪不得刚才自己买什么那老头也跟着买什么，林大发正是利用了自己那一招，用老头的霉气来压住自己的赌运。

可是让王勇不解的是：林大发去哪里找到一个比李金还要倒霉的人呢？

林大发好像猜到了王勇的心思，得意洋洋地说："老弟，心服口服了吧？我这招叫作'以其人之道还治其人之身'。"

这时，那六旬老头把脸上的眼镜和口罩都摘了下来，露出一张沧桑憔悴的脸。李金一看吓了一大跳，半晌才冒出一句："爹，你怎么来了？"

林大发拍拍王勇说："不错，你请来的那个是倒霉王，可我这个是倒霉王他爹。等你当了父母就会知道，孩子闯了祸，还不都连累父母？把儿子养到三十多岁了，不但要管吃管住，还要借钱帮他还赌债，你说说，老子和儿子，谁更加倒霉？"

（梁冬雪）

（**题图**：魏忠善）

还你一条命

　　高老板家有条名贵的西施犬,叫贝贝,高老板夫妻俩对它宠爱得不得了。

　　可是一个月前,高老板的司机李俊来接高老板上班时,不当心在高家门口把贝贝给轧死了,高老板的老婆莫云见状哭得呼天抢地,李俊吓得脸都发白了。

　　幸得高老板通情达理,觉得再怎么说毕竟是一条狗嘛,他反倒宽言安慰了李俊一番,李俊这才定下心来。但是后来,高老板经不住莫云一哭二闹,还是把李俊给辞了。莫云叫人把西施犬埋在自家后花园里,好一段时间,只要一提起贝贝,她就泪流满面。

　　这天高老板下班回家,刚刚在沙发上坐定,莫云就凑上来神秘兮兮地对他说："我给你说个事儿,咱们得赶快给贝贝挪个地方。"

"怎么啦?"高老板奇怪地问,"当初你不是坚持要把它埋在后花园里吗?"

莫云嘴一撇,说："我今天才听说,狗是不能和猫埋在一起的,否则它们就要成精。"

莫云说的猫,是指他们前几年养的宠猫珍珍,因为岁数大了,老死后就被埋在了后花园里。

高老板一听不屑地笑了："你在家里闲着没事,就爱信这种话。"

莫云颤声道："你还别不信,今天打牌时我听人家说了,猫和狗埋在一起,成了精就会变成鬼来缠你。怪不得今天打牌回来,我就觉得家门口有个穿青衣、拿饼子的老太太,鬼鬼祟祟地朝我们家张望,一看到我立刻就躲开了。"

高老板根本不相信莫云说的话,可谁想第二天早上他开车去上班的时候,车刚驶出小区大门,前面突然就冒出了个老太太,果然穿着一身青衣,手上拿着个饼子,像幽灵一样迎着他的车就冲了上来。

高老板吓出一身冷汗,赶紧紧急刹车,可是等回过神来,老太太已经不见了。高老板怀疑是不是自己看花了眼睛,可奇怪的是,一连几天天天如此,这下不由高老板对莫云说的话不相信了,夫妻俩顿时紧张得不得了。

后来再一打听,就知道连老太太的这身打扮都是有来由的。老早这一带有个风俗,人在断气的时候,一定要在他手上放一个饼子,这样他死后进入阴间的时候,守门的恶狗看见饼子就误以为是石头,就不敢咬他了。青布寿衣、软底寿鞋,这都是专门给死者穿的。

难道这世上真的有鬼魂吗? 真还要回到那个迷信的年代

去？高老板冷静下来细细一想，觉得这里一定有名堂。

几天后的一个黄昏，高老板下班后从公司开车回家，车子刚上开发区大道准备加速时，那个青衣老太太突然又冒了出来，高老板又赶紧一个急刹车，车子"吱"一声猛停了下来。前几次因为没撞上人，高老板也就一直没下车，今天他决定要探个究竟，于是一边开门下车，一边高喊："老人家，你等一下，我有话跟你说。"

可那老太太像没听见似的，猛劲儿往大道旁边浓密的绿化带里蹿，那速度比小青年还快。高老板疾步上去，一把抓住她的衣服，谁知老太太也不吭声，用力一挣扎，就听见"哗啦"一声，她身上的衣服被扯了开来，可她还是拼命往前挣脱身子，高老板不得不松手。

这时候，只见一个手帕包从老太太的衣服里掉了下来，高老板捡起手帕包想追上去，但这时正是下班高峰，开发区大道上车流量特别大，高老板的车一停，后面很快就堵了一长串，已经有人在不耐烦地按喇叭了，高老板犹豫了一下，只好回到车里。

到了家，高老板迫不及待地把手帕包打开来看，发现里面除了一些零钱，就是一个身份证，上面正是老太太的照片，看名字她叫张翠娥，是开发区大道旁沿河村的人。有身份证自然就好办了，高老板决定去沿河村寻根究底。

沿河村离城中心有八十里路，当村民们听说高老板是来找张翠娥的，就七嘴八舌地说开了。

原来张翠娥年轻守寡，一个人带大了儿子大毛，大毛挺孝顺，在城里有了工作就把张翠娥接了去。可是大毛上个月突然回来找张翠娥，说他娘失踪了，拜托大家帮他一起找找，可是到现在都没有消息。

高老板打听张翠娥儿子大毛在城里的地址，有个年轻人正好要进城办事，就自告奋勇坐上高老板的车，带他去见大毛。可令高老板怎么也想不到的是,见了面才知道,这个大毛不是别人,竟就是原先给他开车的司机李俊。

高老板惊讶地拿出张翠娥的身份证,问李俊:"她就是你母亲?"

李俊的神情比高老板还要惊讶万分,着急地说:"是啊,她是我母亲。高总,您见到我母亲了? 她在哪儿?"

高老板把前前后后事情一说,李俊立刻求高老板:"高总,您帮帮我吧,我娘把我养大太不容易了,我一定要找到她。您能不能让我坐在您的车上,说不定会再遇上她老人家?"

高老板当然愿意帮忙,何况,他也想弄明白这个老太太到底想干什么。可让他们非常失望的是,整整一个星期,高老板一直开车载着李俊在街上转,可老太太就是没有出现。

这天,高老板和李俊几乎是同时接到交警队的电话,请他们立即去一趟。

到交警队一看,老太太就坐在那里。李俊赶紧扑上去喊道:"娘,你到哪里去了,怎么走了也不对我说一声?"

他转头又问交警队长:"我娘这是怎么啦?"

交警队长拿出一张纸条,对李俊说:"你别着急,先看看这上面写的,再听我慢慢说。"

李俊接过纸条一看,上面写着:我是李俊的妈,一命抵一命,求你不要让我儿子赔你家的狗了。

李俊一把抱住母亲大哭:"娘啊,你怎么能不要自己命了呢?"

交警队长说,这张纸条是老太太在路边找一个学生帮忙写的,这个学生觉得很奇怪,写完后就打电话报了警。老太太被带到派出所里后,开始她什么都不肯说,但经不住交警队长再三劝慰,终于说出自己叫张翠娥,儿子李俊轧死了高老板家的一条狗,高老板的老婆说这狗最低价也要15万,背着高老板非要她儿子赔钱不可。儿子实在赔不起,儿子的女朋友见他这么倒霉,就跟他"拜拜"了。老太太不想儿子的前程就这么毁了,想来想去觉得只有一个办法可以帮儿子,就是让自己被狗主人家的车撞死,一命抵一命总可以了吧?所以她就盯上了高老板的车。可没想撞了几次都没成功,反而把身份证给弄丢了,老太太担心没了身份证到时候警察查不出她身份来,所以就特地请学生帮忙写了这样一张纸条,随时带在身上……

　　看着纸条上歪歪扭扭的字,想起老太太穿着青衣、拿着饼子一次次迎车而撞的样子,高老板的心碎了……

（阿　辞）

（**题图**:张　恢）

撞见人心

黄大毛是个货车司机，这天他开车在一段下坡路上行驶的时候，可能是因为前一天晚上通宵打麻将，精神有点恍惚，拐弯时一个走神，撞上了一个骑自行车的老头儿。出于本能，黄大毛猛地踩下刹车，不料大货车在发出一阵刺耳的"吱嘎"声后，非但没有停下来，反而沿着七弯八拐的下坡路越滑越快。黄大毛惊出一身冷汗，只能死死把着方向盘，腾云驾雾般地随车往山下冲去。

奇怪！大货车滑到山脚，却又立刻恢复了正常，在路边停了下来。黄大毛不知道那个被撞的老头儿怎么样了，就打算找个岔路口把车掉过头来，返回山顶去看看。可他把车往前开了一段，岔路口没找到，心里却多了个念头：刚才出事的时候也没人看见,何必再回去呢?不如跑了算了。想到这里,他在油门上一使劲儿,大货车便风驰电掣般地往前飞起来。

再说山里车少,许久,那出事地儿才来了辆面包车。那开车的是个养鱼专业户,人称"胖鱼头",在山下承包着几十亩鱼塘。开春时,胖鱼头在塘里投下了四万多尾鱼苗,可这些鱼吃起饲料来就跟搬山一样,胖鱼头这几天手里资金紧缺,眼看着鱼塘里一时断了饲料,那些鱼苗顶不住饿,纷纷比赛翻起了白肚皮,胖鱼头急得只好开着面包车到处去赊账,想不到人走霉运,饲料钱没赊到,反倒遇上个老头儿倒在路边。

不过胖鱼头心想:总归是救人要紧!他把面包车停下,把老头儿抱上车,转头就朝医院急驰而去。可到了医院,医生说,人早已死了,让胖鱼头把老头儿拉走。拉走拉到哪儿去?胖鱼头又不知道这老头儿家住何方,没办法,只好掏出手机报警。

警车很快就来了,警察到底有办法,很快就找到了老头儿的家人。

不一会儿,老头儿的子女们都赶来了,不由分说抓住胖鱼头就打,警察拉都拉不开,胖鱼头被打得鼻青脸肿,多处软组织受伤。

胖鱼头明明是做好事,可老头儿的子女们说什么也不相信如今会有这样的好人,他们一口咬定胖鱼头就是肇事者。因为死无对证,胖鱼头真是跳进黄河都洗不清了,最后实在无奈,他只好在警方调解下拿出一笔钱,算是老头儿的丧葬费,这才把事情了了。

回到家里,胖鱼头越想越憋屈,做了好事还赔钱,自己那塘里的鱼还不知怎么样了呢,这叫什么事呀?他心里一气一急,竟病倒住进了医院。

回头说那个黄大毛,那天他把大货车开回家已经是深夜了,草草吃了点饭,冲了个澡后就上床睡觉了。谁知刚一关灯,他就看见满头流血的老头儿站在床前,顿时吓得脸色煞白,赶紧把灯开亮,却又什么也没有了。他以为是自己开了一天车,特别是出了事儿以后过于紧张的缘故,于是定定神,又躺下关灯睡觉。

谁知黄大毛刚要睡着,猛地又觉得肩头一阵剧痛,睁眼一看,老头儿又来了,嘴里还流着血,黄大毛大叫一声:"鬼呀!"吓得从床上一跃而起。

这时候,黄大毛的儿子和媳妇听到动静,赶紧过来探问,黄大毛不敢说实话,只说自己做了噩梦。媳妇安慰说:"爸,可能是太累了,您好好睡一觉,明天就好了。"

可黄大毛说什么也不敢再睡了,儿子体贴地说:"爸,您睡吧,我在您旁边坐着。"有儿子守护,黄大毛这才迷迷糊糊地睡了一会。

第二天一大早,黄大毛又要开车出去送货,儿子拦住说:"爸,再歇一天吧,货我替您去送。"黄大毛不让,对儿子说:"昨晚闹得你们都没睡,赶紧去歇歇吧,我没事儿的。"说着,就开着大货车上了路。

沿公路两旁,全是大大小小的鱼塘,成群的燕子贴着湖面上下翻飞,景色格外宜人,看着车窗外的这番美景,黄大毛渐渐把昨天的事儿抛到了脑后。

可就在这个时候,黄大毛突然感觉那个老头儿在车窗外朝他探了一下头,他心里不由一惊,想扭头看,又不敢。可越不敢看他心里就越害怕,越害怕他就越想看个明白。最后实在憋不住了,黄大毛鼓足勇气把头扭过去,这一看不得了,他"妈呀"一声大叫起来!原来车窗外分明就是那老头儿的脸,嘴角的血还在往下滴。

"鬼啊!鬼来啦!"黄大毛心里一慌,下意识地想把车刹住,谁知刹车这时候又失灵了。

这时候,正好迎面开过来一辆大卡车,和黄大毛的车相距不足十米。情急之下,黄大毛只好猛打方向盘,可他的大货车刚刚避过对方,却一头栽进了路边的水沟里,车头下冲,车厢整个儿侧翻过去,结果一车货全部倒进了水沟旁边的鱼塘里。

在失去知觉的一刹那,黄大毛的眼睛死死盯着车窗外面,哪有什么老头儿,他这时候才意识到,刚才其实又是他自己的幻觉在作怪。

而在医院里住着的胖鱼头呢,这天下午他儿子去看他,告诉他一件稀奇事,说:"爸,早上有辆大货车开到咱家附近公路上时,不知怎的竟会一头栽进路边沟里,司机当场没了气儿,满满一车鱼饲料全倒进咱家鱼塘里了。"

胖鱼头听了连连称奇,他儿媳妇却在旁边说:"我说这人哪,是有旦夕祸福的,我们虽说是吃了冤枉,可上对得起神灵,下对得起良心。"

儿子凑近胖鱼头的耳朵,悄悄说:"爸,咱家那塘鱼得了人家的饲料,现在都活蹦乱跳着呢!"

(易振华)

(题图:魏忠善)

出租车上有鬼

小伟最近看到出租车总是忍不住会偷笑出声来。为啥？这事儿得从一个月前的那个午夜说起。

那晚酒宴散得晚，小伟从酒楼出来，醉醺醺地在街头招了辆出租车，可刚上车坐稳，他就想起自己身上只剩了点零钱，根本不够付车费的，一紧张，酒就醒了。再一个转念，他心里便有了主意，于是对司机报了个挺远的地方，随后就靠在座位上不说话，还装出一副昏昏欲睡的样子。

此时街上冷冷清清的，司机将车开得很快，没多会儿就开出了一多半路。但就在这个时候，他突然听到小伟阴阳怪气地说起话来："嘿，眉眉，你什么时候上的车？"司机吃不准是怎么回事，从反光镜里一瞅，看到小伟正侧着脸，好像在对旁边人说话似的，他吓了一大跳，不由打了个寒颤。

只见小伟继续在说："两个月前，你不是和那个姓杨的家伙走了吗？你们去哪儿了？"车上明明只有小伟一个乘客，他这是在对谁说话呢？司机吓得脸色都变了。

车厢里一片死寂，司机想把车停下来不开了。

可就在这个时候，他看到小伟在不住地朝旁边点头，长叹一声说："姓杨的这家伙靠不住！算了，你也不要想不开。你现在不是回来了吗？回来就好。今儿个我喝多了点，明天吧！明天我请你吃饭。对了，你回来后还在那儿住吗？"顿了顿，他又"嗯"一声，转过头来对司机说："师傅，听到了吧？先到工人路口去一下。"

什么？他旁边真有人坐着？明明他是一个人上车的嘛，那他旁边坐的就只有鬼了。一想到车里有鬼，司机顿时浑身汗毛竖了起来，哆嗦着连连应道："好好好。"

车到工人路口停下，司机看到小伟还在侧着头对旁边说："你听我的，不要想不开，从头再来嘛，日子长着呢！以后有什么事，尽管来找我。谢？谢什么呀！好了，你到了，我帮你开门。"他一边说，一边就开门下车，绕到另一侧去把车门拉开。

然后，好像真有人从车上下来似的，小伟还笑着招呼说："明天我会打电话给你的。对了，我记一下你的电话号码。"他一手将车门带上，另一只手就在口袋里摸索，"你说吧，我拿笔。"

司机哪里等得及小伟再上车，一看他把车门带上了，赶紧踩大油门逃之夭夭。司机当然不会知道，瞧着他这慌慌张张的样子，小伟心里那个乐啊！小伟就住在工人路口，他没花一分钱，就让司机把他送到了家。

自打尝到这次甜头，小伟这种恶作剧还真玩上瘾了，一个月里又白坐了三回车。要不，怎么说一看见出租车他就会忍不住笑出声来呢？

这天，小伟加完班从单位出来，已是月黑风高之时，他心里偷笑着招呼了一辆出租车，上车后往后座上一靠，又装出一副昏昏欲睡的样子。

过了一会儿，小伟悄悄睁眼一看，司机正全神贯注地开着车，于是便老戏重演，侧脸朝着旁边，煞有介事地说："啊，好久没见了，你这阵在忙什么哪？"

当然，演到这里他没忘用眼角的余光扫一下司机，看看有什么反应。

谁知这个司机却搭上话来了："这就好了，你们以前就认识啊？"

这下轮到小伟吃惊了，他结结巴巴地问司机："认识……认识什么呀？"

司机快言快语地说："认识娜娜呀！你刚才不是在和她说话吗？对了，娜娜，你和这位乘客是什么时候认识的？"

小伟一听更吃惊了，他下意识地直往旁边躲，额上沁出一层冷汗。

"唉，"司机的声音里带着哭腔，"娜娜这孩子真是苦命哇！要说这事，都怪我。娜娜，是我害了你啊！"

小伟自然听不懂司机在说什么，只是感觉车里的气氛越来越不对了。

"兄弟，"司机又对小伟自我介绍说，"去年我在殡仪馆里开灵车，不瞒你说，干那活儿邪气，可就是接二连三地出事，吓得我再不敢在那儿待了，不管工资给开多高，坚决走人。这出租我是辞职后开的，四十多的人了，干不了别的，只能开车。唉，开就开呗，可半年前不知怎的，我把娜娜给撞了——"

司机长叹一声，回头对着小伟旁边道："娜娜呀，我对不住你呀……"

他刚说了一句，对面开过来一辆大卡车，那车灯光把司机的脸照得个亮,小伟正好看在眼里,一张苍白的脸,一口参差错落的牙,他吓得"哇"一声就尖叫起来。

司机这时候已经把头转了回去,说:"娜娜,我不回头,我会好好开车的,你别生气。"

稍停了停,司机又对小伟说:"知道么?兄弟,娜娜还小,阳寿未尽呀!她无处投胎,也无处可去,所以每天就呆在我这车上了。对了,兄弟,怎么娜娜刚才说她不认识你?你是不是认错人了?你再仔细看看。"

本来就已经惊恐万分的小伟,现在被司机这么一说,他再也受不住了,大叫道:"停车!快停车!我要下去!我到了!"

司机还未将车停稳,小伟就想夺门而下,司机不紧不慢地回过头来,说:"别着急,兄弟,可别忘了付车钱。"

小伟手忙脚乱地从口袋里摸出一张百元大钞,朝司机一扔,然后立刻拉门下车,一路狂奔。

"嘿,兄弟,等等,找你钱!"司机望着小伟惊慌失措的背影直摇头。

原来,这个司机最近好几次听同事们说起有乘客用装神弄鬼的法子蹭车的怪事儿,他原本还不信,想不到今天碰上了,于是就来了个"以其人之道还治其人之身"。他心里感慨:年轻人呀,学什么不好,偏要学这种歪招?嘿,又学不像,胆也太小了!

(老 海)

(题图:安玉民)

亘 古 奇 闻

碰上无法解释的遭遇，人们多半会归结于善恶天报。是的，诸恶莫作，心无贪念，万事自有好结局。

卖命的人

旧时，灌县北门外的校场坝，除阅兵和练兵之外还兼作刑场，是将死囚砍头或者枪毙的地方。

1935年初夏的一天，校场坝又枪毙了四个死囚犯，在行刑队和看热闹的人离去之后，大约过了三个多小时，躺在地上的一个已经被枪毙了的死囚犯忽然活了过来，眨眨眼睛往四下瞅。

也就在这时，从北门方向忽然急急地走过来三个人，为首的是个女的，看上去五十岁左右年纪，立眉吊眼，盛气凌人，腰间还别着一把左轮手枪。此人就是本地有名的恶婆女牢头，人称"熊老姐儿"，那个活死囚一看到她来了，赶紧闭上眼睛继续装死。

　　跟着熊老姐儿同来的是两个男警察,他们还拉了一辆板车。当这三个人走近前来时,活死囚吓得大气不敢出一口,身子挺着一动不动。他知道熊老姐儿的厉害,只要一被发现还活着,那就必死无疑。

　　熊老姐儿指挥那两个男警察把死囚犯一个一个搬上板车,她自己则在边上用眼睛死盯着。

　　搬完后,两个男警察就拉着板车去"卡房"。卡房是囚犯死后暂寄的班房,地处北门外的一片荒地上,两间破旧的茅草房,一间停放已经被枪毙了的死囚,一间是熊老姐儿的休息室。卡房离校场坝行刑处大约半里路,被枪毙了的死囚先要在熊老姐儿管的卡房里停放一两天,然后由家属来付了停放费后,才能把尸体领走。至于无人认领的,则由熊老姐儿让人在北门外山上随便挖个坑埋了。

　　话说这四个被枪毙了的死囚犯被运到卡房后,男警察回去了,熊老姐儿就赶紧自己吃饭。那个活死囚此时肚子正饿得咕咕叫,闻得熊老姐儿吃饭时津津有味的"吧嗒"声,馋得口水都要流出来了,可又不敢流,只好拼命往肚里咽。

　　好不容易熬到熊老姐儿吃罢饭,谁知这女人有了精神后,便走到四个已经被枪毙了的死囚跟前,抢起一根大竹杠,一个一个狠狠地朝他们身上抽打起来。打到那个活死囚的时候,活死囚开始还强忍着不吭声,可一下一下抽到十几下时,他实在痛得受不了了,"哎哟"一声跳起来,夺门就逃。

　　熊老姐儿冷笑一声,举着竹杠就追了上去,一边追一边还打。可怜那活死囚早已经饿坏了,加上惊恐,很快就被熊老姐儿追上。活死囚眼看自己逃不过了,赶紧"扑通"一声跪下来,朝熊老姐儿拱拱手,说:"熊主任,熊奶奶,饶了我吧,我上有老母、下有妻儿,她们全靠我养活啊!"

　　熊老姐儿鼻子里"哼"了一声,喝道:"你这个杂种,你骗得了姑奶奶的眼睛,可骗不了这根我敲了二十年死尸的竹杠!哼,老实说,你这回来卖命,得了多少钱?"

活死囚连连磕头,说:"我现在身上真的没钱,明天一定给您老人家送去。我原想运气好的话,说不定能在天黑之后悄悄逃走,谁知却逃不过您老人家这根竹杠啊!"

熊老姐儿听活死囚这么说,上下仔细打量了他一番,洋洋得意道:"原来又是你这个张三娃!怪不得一开始就觉得有点面熟,只是血糊糊的,一时认不出来了。哼,我告诉你吧,不管玩什么花招,没一个卖命的能逃过我这一关!"

熊老姐儿说完,赏了一碗冷稀饭和几块泡菜给张三娃吃,然后又问他:"你今晚睡哪里,我的床还是停尸床?"

张三娃嘀咕:"还是那个价?"

熊老姐儿说:"我的床涨价了。"

张三娃嘴一撇,满肚子不乐意:"那我睡停尸床算了。"

熊老姐儿恶声恶气地说:"睡停尸床六十块,睡我的床八十块。你为了节省二十块,宁可跟死人一堆睡?"

张三娃说:"那我坐一夜吧,我不睡。"

熊老姐儿说:"坐也可以,不过要多交十块钱,总共收你七十块。"

半夜,熊老姐儿睡在床上,张三娃坐在凳上,两人一时睡不着,就说着话解闷儿,熊老姐儿问张三娃,第一次卖命是怎么卖的,张三娃哭丧着脸,不由说起了往事。

原来,张三娃当初是被抓壮丁的。后来有一天,连长问张三娃想不想"吃大钱",张三娃不知道吃大钱是啥意思,连长告诉他说,吃大钱就是卖命,过几天校场坝要枪毙人,死囚家属愿意出一千块大洋来"买命",他们让连长物色一个甘愿卖命的兵,替他们家那个犯人去吃枪子儿。连长看中了张三娃,连长说,如果张三娃同意去替那个犯人卖命的话,他就给张三娃一百大洋。

张三娃一听吓傻了："枪一响，命就没了，还要这一百大洋干啥？"连长让张三娃放心，说上刑场时会让他跪在3号位，3号位上的刽子手家属已经买通，到时候他会在枪膛里装假子弹，顶多就是把张三娃擦伤点皮，但绝对不会伤他的命。

可张三娃听了还是害怕，连长于是火了，把枪一拍，骂道："你这个不识抬举的东西，到底干不干？你真要不干，老子先毙了你！"张三娃没法，只好答应。

连长于是就教张三娃：枪响后一定要装死倒下；逃的时间一定要算准，既不能早也不能晚，那就是在行刑队离开之后、管卡房的熊老姐儿带人来收尸之前，一定要抓住这个时机逃到校场坝旁边的小树林里躲起来，晚上，他会派两个弟兄到那里去接他。到时候，张三娃只要脱下囚服换上军装，回来后就可以继续当兵吃粮。

连长还告诉张三娃，要是实在来不及逃走，就是被弄进了卡房也不要紧，他会买通熊老姐儿，给她一个八十块的红包，让她在用竹杠抽打时手下留情，然后半夜里悄悄把人放了；向上司报告时，他会让熊老姐儿编故事，说是卡房的墙年久失修，墙根有洞，野狗钻进来，把尸体拖走了。不过，连长还是再三关照张三娃要尽量想办法逃，不要落在熊老姐儿手里，这样给熊老姐儿的八十块红包钱就可以省了。

到了现在这份上，张三娃只有说实话，他说他这是第四回来顶替卖命了。

熊老姐儿一听，暴跳如雷："这龟儿子，太不地道了！"既然张三娃以前卖过三回命，但熊老姐儿只拿过一回八十块的红包，可见还有两个八十块的红包钱硬是被那个龟连长给省了。"哼！"熊老姐儿说，"老娘这回非得加倍把钱收回来不可！"

张三娃于是就被熊老姐儿"卡"在卡房里出不来了，做卖命生意的连长没办法,第二天只好去找买命的死囚家属,家属怕闹出事儿来露馅,便急急忙忙去卡房找熊老姐儿。

熊老姐儿鼓着眼睛,不阴不阳地指着张三娃问他们:"这是不是你们家儿子?"

家属支支吾吾地说:"是……是……是我们家儿子。"

熊老姐儿冷笑一声:"你们睁大眼睛再看看,他是你们家儿子? 嘿嘿,他叫张三娃,是28军4师3团2连的人!"

家属们的脸顿时就白了,赶紧把红包塞上去。

熊老姐儿一看,红包里是八十块大洋银票,鼻子里"哼"一声。家属没办法,只好又掏银票。就这样,掏了一回,又掏了一回,掏到第四回了,熊老姐儿才让把张三娃当作死尸装入棺材,让哭哭啼啼的家属领了去。

当夜,张三娃掀开棺材盖,偷偷摸摸溜回连长那里,继续当兵吃粮去了。下回他再要卖命的话,那就该是第五回了……

(朱才君)

(**题图**:黄全昌)

乳婴救母

　　阿芳住在一个小山村里，这天一大早，丈夫进城卖山货去了，阿芳在门前翻晒从山上采来的香菇和木耳，刚满周岁的儿子小昆昆在一边的竹榻上睡觉。

　　转眼，一个上午就快过去了，阿芳怕孩子饿，打算喂他吃点稀饭，于是便从屋里拿出一只大瓷碗，倒了半碗开水，把瓷碗烫了烫，随手把碗里的水朝墙角草丛里泼去。

　　想不到这一泼，竟惹来了一场大祸！

　　为啥？阿芳这随手泼出去的水虽然只有半碗，可是烫呀！草丛里立刻就"嗖"一声蹿出一条三米多长的大蟒蛇来，夹着一股风闪电般地朝阿芳扑过来，并且用蛇身缠住她的双腿，随即盘旋而上，眨眼间又缠住了她的腰。

　　这一带山区多蛇，小的青蛇只有数寸，大的蟒蛇却长有丈余，平时它们和人友善相处，从不主动攻击，那条大蟒蛇原本也是好好在草丛里歇着的，可冷不防被滚烫的水一浇，便下意识地冲出来反击了。

　　再说此时，阿芳突然被大蟒蛇缠身，当下就丢了大瓷碗拼命挣扎，然而蟒蛇的力气无比巨大，三米多长的蛇身在阿芳纤细的腰间盘了好几圈后，便开始箍紧了，阿芳越是挣扎，它就箍得越紧。没一会儿，阿芳就只会喘着粗气喊"救命"，胸口发闷，呼吸困难；再一会儿，她嗓门里就连声音也发不出来了。

　　阿芳知道，山里人家互相之间住得都很远，平时串个门也要走半天，这种时候要指望邻居来救根本不可能，此刻，她只觉得自己腰越来越沉，越来越痛，就像是要被勒断了似的。

　　怎么办？阿芳几乎要绝望了，心里只有一个念头：别让儿子小昆昆有危险！

　　不知过了多久，迷迷糊糊间，阿芳忽然觉得胸口松了一点，她还以为是自己的错觉，可是马上觉得又松了一点，她呼吸到了一大口新鲜空气，感觉缠在腰间的蛇身好像真的在缓缓松开了，不由把眼睛睁了开来。

　　可是只这一眼，就把阿芳吓得差点又昏过去：大蟒蛇依然缠在自己腰间，而原本在竹榻上睡觉的小昆昆，此时居然就趴在大蟒蛇旁边，用胖乎乎的小手轻轻抚摸着大蟒蛇的身子，脸上还嘻嘻直笑。

　　说来也奇怪，随着小昆昆小手轻轻地抚摸，大蟒蛇不但没有发怒，反而还微微昂起脑袋，一伸一缩地吐着鲜红的舌信子，缠住阿芳的蛇身越来越松下来。

　　这一幕，阿芳真是看得又紧张又惊讶，她屏住呼吸一动也不敢动，只是默默地看着小昆昆，任凭冷冰冰的大蟒蛇在自己身上缓缓蠕动，一身衣服早已被冷汗湿了个透。

不知过了多久,终于"啪"一声,大蟒蛇完全松开了阿芳,用幽幽的眼睛望了她一眼,又朝小昆昆晃晃脑袋,好像是向他告别似的,然后就蜿蜒游进了墙边的草丛里,没了踪影。

"妈呀!"阿芳这才彻底放松下来,她怎么也不敢相信,竟会是一岁的儿子救了自己。

阿芳想去抱小昆昆,但身子软软的,怎么也爬不起来,只好猛伸嘴,在小昆昆粉嘟嘟的脸上亲了又亲……

(沈海清)

(**题图**:安玉民)

奇异的手势

　　唐山往南七十公里的渤海滩上,有个偏僻的村落,叫小刘庄。

　　1976年7月27日,小刘庄有个名叫刘根的小伙子去唐山买东西,当晚住在城里的一家旅馆里,却不料第二天凌晨唐山突然发生大地震,顷刻之间全城就被夷为了平地,等刘家人后来心急火燎地赶到唐山时,只见无数遇难者正被运往郊外掩埋,哪里还找得到刘根人影。

　　刘家人只好怏怏而归,数月后,因为仍无刘根的消息,根据有关规定,刘根于是就被认定已经不在人世。当地有个风俗,把没有死者遗体出丧的称为"望空"发丧,刘家人无奈之下,就只能望空为刘根举办丧事。

一晃两年过去了。

忽然这一天,有辆外地牌照的医院救护车风尘仆仆地开进小刘庄,从车上抬下来一位不明身份的年轻男子。

随车医生介绍说,这年轻男子在唐山大地震中受了重伤,当时被转送到外地一家医院救治,现在他的右腿被截肢,头颅做过三次大手术,脸部几经缝合之后已经面目全非,声带也被严重损坏,根本说不出话来。由于这年轻男子当时是被赤条条从旅馆废墟中扒出来的,身边没有一件能证明他身份的东西,这给院方寻找他的家属带来了极大的困难,而且年轻男子伤愈后,医生曾经试图让他写出自己的名字和住址,可惜他不识字。万般无奈之下,院方决定不惜一切代价,派医生随车照顾,在唐山及周围地区一路为他寻踪觅迹找亲人。

小刘庄的人听了,倒是心里一动,尤其是刘家人,他们多么希望这个年轻男子就是刘根啊!可问题是由于这人的容貌变化太大,刘根的父母和兄嫂,乃至全小刘庄的人,都无法根据体貌特征来辨识这人究竟是不是刘根,看着看着,总觉得说像又不像,说不像又有点像。刘根母亲说儿子右腿上有颗痣,可不巧的是年轻男子的右腿偏偏又被锯掉了。

大家眼睁睁地看着这个伤残了的年轻男子,想认又不敢认,不认又怕这人真是刘根。

再瞧那年轻男子,他这时候看着村口的老树旧屋,看着眼前的小桥流水,泪水簌簌而下,心中似有千言万语,却又张口结舌无法表达……

这时候,刘根的嫂子忽然灵机一动,大叫起来:"有了!我有办法了!"

她看着那年轻男子,说:"你要真是我们家刘根,你敢发誓吗?"

年轻男子一听,眼睛蓦然一亮,立刻将右手紧紧捂住了自己的胸口。

几乎是与此同时，众人一片欢呼："是刘根！是刘家这小子！"

为啥？因为年轻男子的这个动作，是小刘庄人独有的发誓方式。不知是从什么时候开始，小刘庄就有了这样一种习俗，碰上点事就爱赌咒发誓，而且将右手紧紧捂住胸口，意思是说："天地良心，我决不会说假话骗人。"

此刻，就是凭着这个手势，大家认下了这个历尽磨难而归来的小刘庄的儿子。

（若　凡）

（**题图**：魏忠善）

最后一副拼图

　　这是一个传说中的故事，情节很夸张，结局却很有意思。

　　说是有一个叫刘大伟的人，开了家卖儿童玩具的小店，因为经营的玩具品种少，小店生意不太好。刘大伟有一个上小学的儿子，叫强强，这天，强强放学回来，告诉刘大伟说，校园里现在流行一种用硬板纸做的明星图像拼板，而且上面涂有荧光粉，到了晚上还能闪闪发光，同学们都爱拼来玩。刘大伟一听，就赶紧去批了一箱来，放在小店里卖。

　　果然，这拼板销路很好，卖到第三天傍晚的时候，满满一箱拼板卖得就只剩下三副了。这三副其实是混进来的废品，上面是空白的，没有明星图像，刘大伟准备下个星期进货时带过去调换。

　　但就在这天晚上，又有几个孩子兴冲冲踏进小店，说是专门来买明星拼图板的，一听刘大伟说要到下个星期才有，可失望了。看着他们沮丧地走出小店的背影，刘大伟心里挺纳闷：就等一个星期也会这么难受？这拼图板真就这么好玩？

　　刘大伟一边好奇地想着，一边就把那三幅空白拼图板拿出来，信手在其中一副板上画上了他自己的儿子强强的像，旁边还一本正经地写上"强强"两个字，然后把拼板打乱，开始拼起来。不料这一拼他还真拼出味儿来了，要不是接二连三地有顾客来，他真想一直玩下去。

　　这天，刘大伟一直忙到晚上十点半才关上店门回家，到家吃了点饭后，他就从包里把那副在店里还没拼好的图板拿出来，饶有兴致地继续拼起来。这一拼，他就停不下手来了，一直拼到晚上十二点钟，强强的图像还缺一只胳膊没拼上。刘大伟不得不佩服那些同学的聪明才智，要知道，到此时他已经在这副拼板上花了至少三个小时了！

　　只听"当当当——"客厅墙上的挂钟敲响了午夜十二点的钟声，刘大伟伸了个懒腰，正犹豫着是继续拼下去呢还是回房睡觉，突然，强强房里传出一声惨叫！刘大伟心里一惊，急忙冲过去，推门一看，强强正痛苦地在床上挣扎，两只眼睛往外翻，右臂只剩下半截，还"滴滴答答"地在流血。刘大伟懂点儿紧急救护的知识，赶紧冲上去撕下一角床单，用它扎住强强手臂上的伤口，然后就拨打120急救电话。

　　这一番折腾，过去了半个小时，客厅墙上的挂钟"当"地响了一下。奇怪了，此时强强那半截不见了的手臂突然奇迹般地回复到了强强身上，而且本来还在滴血的伤口竟然愈合得严丝合缝，没有留下一点痕迹。刘大伟只好对随即而到的救护车医生再三道歉，说刚才是小孩恶作剧，其实没有病人需要救治。

虽然强强很快就躺在床上睡了过去,可刘大伟却惊愕万分:这到底是怎么回事呢?要说是虚幻的梦境吧,可那被撕了的床单明明还在呀?刘大伟的心"怦怦"直跳,不过有一点他还庆幸:幸亏老婆出差去了,今晚要在家,非吓坏了不可。

刘大伟惊魂未定地回到客厅,反正一时也睡不着,便在桌前坐了下来。他无意中往桌上扫一眼,突然发现自己刚才还没拼完的图板,不知什么时候已经拼好了!他心里不禁一动:莫非这空白拼图板有着奇异的力量?莫非这图板上的像,如果在晚上十二点之前没有拼好,那么十二点的钟声一过,图像拼到什么样,那人在现实中就成什么样,而半小时之后,图板又会自动拼好,那人也会平安无事?

这么一猜,刘大伟就赶紧把一起带回的还有两副空白拼板放进包里,第二天一早就带回小店锁进了抽屉,他怕留在家里还会生出什么事儿来。

转眼一个月过去了,强强到底是孩子,他完全把那晚发生的事当成了自己做的梦,所以很快就忘了,家里的生活又恢复了往日的平静。而且这段时间,刘大伟的小店生意特别好,这天晚上,都已经十点多钟了,还有顾客来买玩具。

到了十一点钟的时候,店里陆陆续续走人了,玩具展示架前,只剩下最后一位顾客,是个年轻人,他左挑右拣地站在那儿已经很久了,还没决定到底买什么好。眼看时间一分一秒地过去,刘大伟实在累极了,正打算劝他明天再来,那年轻人突然从腰间拔出一把刀来,凶相毕露地瞪着刘大伟,低声喝道:"快把钱拿出来,否则要你的命!"

刘大伟根本没防着年轻人会来这一手,可是对方有凶器,他没办法,只得打开抽屉,把里面所有的钱拿出来。年轻人一把把钱抓过去,拼命往自己口袋里塞,随后就跑出了小店。眼睁睁看着自己辛辛苦苦赚来的钱一下被抢了个空,刘大伟气得直骂自己运气背。

但就在这个时候，刘大伟突然想到了锁在抽屉里的那两副空白拼板。他脑子一转，立刻有了主意，这时候离十二点还有几分钟，他赶紧把抢钱的年轻人相貌三下两下画在拼板上，旁边还写上"抢劫犯"三个字，然后把图板打乱，锁上店门追了出去。

年轻人在前面跑，刘大伟在后面追，眼看年轻人已经跑到街角拐弯处，再一晃就要不见了，刘大伟一看表，十二点到了！果然，那年轻人突然在前面停了下来，弯下腰，手脚抽搐，显得非常痛苦，脸上是极度惊恐的表情。

这时，刘大伟已经追上来了，那年轻人还没有来得及说话，只听"嘭"一声响，他整个人就被炸得不成样子了，碎片四下飞溅，撒了一地。

刘大伟吓得连连后退，却又听到"哧"一声，脚下不知踩到了什么东西，借着昏暗的路灯一看，竟是那年轻人的一个眼珠子。刘大伟顿时吓得大叫一声"妈呀"，钱也不要了，回头就跑……

第二天，刘大伟早早地来到店里，按照他原先的预料，画着年轻人像的那副拼板，这时候应该是拼完了放在桌上的，可不料桌上却没有，而且在店堂里也找不到。刘大伟只得把最后一副空白拼图板装进包里，当天晚上带回家，悄悄放进了自己卧室的床头柜里。

有了这两次经历，刘大伟算是知道了这拼板的威力。总共三副空白拼图板，一副画过儿子的像，一副画过那个抢钱的年轻人的像，而且后来怎么也找不到，现在只剩下最后一副，刘大伟不敢对它掉以轻心，轻易不去碰它。

这天，电视里播放一则新闻，说国内有个知名富商要来本市做投资考察。刘大伟听了，心里突然冒出一个念头：这不是上天给自己送机会来了？最后那副拼板老这么放着有什么意思？倒不如利用它做做文章，搞笔钱来，然后开一家全市最大的玩具店，再买一幢豪宅，买一辆名车，好好尝尝过富人生活的滋味儿。

刘大伟的计划是：把这富商的像画在拼板上，等到午夜十二点，让他经受一下被四分五裂的折磨，然后第二天去和他谈判，让他资助自己一笔钱。反正半个小时后图像会自动拼成，富商也会平安无事，但这笔钱却可以借此机会稳稳到手。

主意打定，刘大伟便去床头柜里拿那副空白拼板，却怎么也找不见，这下他紧张了。

正好这时强强放学回来，手里捧着一只盒子，嘴里大叫："爸爸，我把你的像画到拼板上，可怎么也拼不成，你快帮帮我！"

刘大伟一听，顿时吓得心惊肉跳，接过盒子打开一看，正是那副空白拼板，而且每块板上都有笔痕。他颤抖着声音问强强："这上面画的是我？"

强强兴奋地说："是呀，我想把爸爸的像做成拼板，昨天正好看到你们床边小柜子里有副空白的，就把你画上去了！"

刘大伟顾不上再训斥强强，立刻就在桌边坐下，紧张地拼起自己的图像来。可是他越心急，手就越抖，拼的速度就越慢。眼看着时间一分一秒地过去，他连饭也没吃，一直拼到晚上十一点多了，可还没拼成。

这时候，刘大伟意识到他已经不可能再拼下去了，因为此时满脑子全是自己被炸得四分五裂的画面，他心思再也集中不起来了。不过想到反正半小时后会平安无事的，横竖横熬一下吧！这么一想，他心情才稍稍放松了点。

这当儿，刘大伟无意中看到桌上放着的报纸上有一则新闻，标题是：恐怖死亡！尸体四分五裂、血染小街。旁边还有照片，正是那个抢劫的年轻人。刘大伟脑子里猛一炸：这么说来，那年轻人半个小时后并没有复活？他这就弄不明白了：为什么强强能平安无事呢？难道这里有善良和罪恶之分？

　　知道了同样的事情却完全可能有截然不同的结果,刘大伟吓得魂都没了：我画那个富商,目的是想去敲诈人家,那我不也是罪恶之人？刘大伟顿时浑身大汗淋漓,再不敢往下想了,连忙拿起还没拼好的图板又继续拼起来,还对自己说："别慌,别慌,一定要在十二点之前把图拼成!"

　　但就在这个时候,客厅里的灯光突然灭了,借着窗外的月光,刘大伟看到墙上的挂钟分明已经指在了十二点的位置上!他全身的关节开始"嘎嘎"作响,眼眶里也开始渗出血来……在这之前,刘大伟没有做过一件坏事,可仅仅是这一念之差,让他得到了如此结果。

　　这能怪谁呢？

　　　　　　　　　　　　　　　　　　　（陈　杰）

　　　　　　　　　　　　　　　　　（题图：谭海彦）

欲望刺激器

　　麦芝姬开了家时装店,可是生意很清淡,她央求丈夫帮她想想办法。麦芝姬的丈夫是个颇有名气的发明家,脑袋里经常会蹦出一些出人意料的绝妙点子。为了满足妻子的要求,丈夫于是就废寝忘食地钻研起来。不久,一个能让时装店生意红火的神秘玩意儿终于被他研制出来了!

　　这天,丈夫带着新发明来到店里,正好有位少妇来店里看看,麦芝姬满脸笑容地迎上去,殷勤地招呼她,可少妇却挑剔地这件衣服摸摸、那件衣服看看,转了一圈之后,摇摇头就要走。

　　麦芝姬一脸失望,丈夫安慰说:"别急,看我的。"丈夫从衣袋里摸出一个手机大小的东西,悄悄对准那少妇按了一下键。

　　奇迹发生了!本已一只脚迈出店门的少妇,突然回转身来,拿起一件衣服,对麦芝姬说:"这件不错,我试试!"

麦芝姬真是又惊又喜,她连连点头,赶紧把少妇领去试衣间。不一会儿,那少妇喜滋滋地穿着新衣服从试衣间里出来,也不还价,爽快地付了钱就走。眼看一件本来不可能做成的生意,在丈夫的捣鼓下居然不可思议地顺利成交,麦芝姬高兴得抱着丈夫亲了又亲。

接下去,每一位进店的顾客,都在丈夫手上那个神秘玩意儿的捣鼓下慷慨解囊,倾力购买,麦芝姬兴奋得满脸红霞飞。

整整忙了一天,直到晚上回家,麦芝姬才有时间坐下来问丈夫,他手里这个东西到底是个什么玩意儿,怎么能有这么神奇的威力。丈夫呵呵一笑,告诉她说:"这个东西叫'欲望刺激器',它能够发射出一种人体模拟频谱,专门刺激人的大脑中枢神经,增强对方的购买欲望,让每一个走进店里来的顾客都不空手而归。但这玩意儿功率比较小,所以一次只能刺激一个人。"

麦芝姬可高兴了,一次能刺激一个人也好啊。果然,自从有了丈夫这玩意儿之后,店里的生意真是芝麻开花节节高。不久之后,麦芝姬就把隔壁店铺也盘了下来,她一个人忙不过来,就请了几个帮手,每个月都赚得盆满钵满。

随着生意越做越大,麦芝姬就有点儿不满足了,欲望刺激器一次只能刺激一个人,功率实在太弱小了。麦芝姬对丈夫说:"现在店里规模不比从前,顾客都是三五成群来的,如果还是一次只能刺激一个人,我们的生意岂不大受损失?你得加大功率,想办法一次刺激一大片,让所有顾客一走进店里就被刺激到,一个都不放过。"

丈夫一听,觉得妻子这话有道理,既然店里生意这么好,何不想办法将欲望刺激器的功率加大呢?他便又开始琢磨起来,不但加大功率,还将其输出频谱的方式,由单一发射改成连续辐射,每时每刻都让那种刺激人体大脑中枢神经的频谱,在店堂里源源不断地输出。

这样一来,时装店的生意就越来越火爆了,麦芝姬和她的助手们天天忙得脚不沾地,人人累得够呛,直喊招架不住,甚至还有人想辞职。丈夫见此情景,脑子一转,便又在欲望刺激器里加入一种刺激销售欲望的频谱,让店员们的精神始终处于高度兴奋的状态,即使整日手脚不停地忙碌,也不会觉得累。

这个强化版刺激器出笼后,店里的生意简直就像温度计掉进火堆里,每天的业绩直线上升,麦芝姬乐得晚上睡觉都会"哈哈哈"地笑醒。

如此快乐的日子过了不久,这天,有个男人走进店里,看见麦芝姬,惊喜地叫了一声:"芝姬,是你? 好多年不见,你还是这么年轻漂亮啊!"

麦芝姬突然就脸红起来,原来这是一个多年来一直在暗恋着她的男人。为了掩饰自己的慌乱,麦芝姬连忙岔开话题,问他想买什么衣服。

可是,这个男人在欲望刺激器频频发出的购买欲望的强烈刺激下,竟对麦芝姬产生了爱不释手的购买欲望,他脱口道:"芝姬,我想买你!"

麦芝姬内心狂跳不已,她想回绝他,可是在欲望刺激器强烈的、不可抗拒的销售欲望驱使下,她竟回答说:"只要是我们店里有的,任何东西你愿买,我们都卖。"

男人自然喜不自禁,赶紧掏钱,麦芝姬照例清点,锁进柜里。

然后,麦芝姬把手伸向男人,说:"先生,这是你购买的物品,请拿好。"

男人于是就微笑着牵了麦芝姬的手,朝店门口走去。

当然,这时候所有的店员也都按照惯例微笑,优雅地向他们道别:"先生、女士,请慢走,欢迎下次光临!"

(谭文春)

(题图:魏忠善)

一起看电视

有个中年汉子，名字叫张强，原来在一家国有企业当司机，下岗后经人介绍，到邻近小城一家贸易公司去开货车。

刚到小城，张强没有什么朋友，老婆孩子又不在身边，所以每天下班回到租住的小屋，吃过晚饭后就觉得很无聊。想来想去，他决定去买个便宜一点的二手电视机来解解闷。

说来也巧，附近有个汽车站要翻修，正在拍卖原来摆在候车室里给乘客看的电视机，成色还算新，开价也合理，张强于是便去挑了一台，雇了辆小三轮拉回住处。从此，他下班后就有了消遣，感觉日子过得真快乐。

这天，公司里有个老客户来谈生意，领导晚上招待他们，张强常给这家客户送货，关系处得非常好，所以也被拉去作陪。

宴罢回到小屋，已经是半夜时分，张强洗了个澡，上床前顺手拧开了电视机。电影频道正在播放一位著名笑星主演的片子，张强平时最喜欢看了，可或许是太累，又喝了不少酒，他只觉得头有点晕晕乎乎，没一会儿就迷迷糊糊地睡着了。

恍惚间，张强好像回到了乡下老家，和邻居们围在一块儿看电视，看的就是这个著名笑星演的片子，大家有说有笑，热闹极了。可是没一会儿，张强突然发现不对了，怎么周围的人一个个都变成了陌生面孔，全都不认识了？他惊恐地问："你们都是谁啊？"话一出口，这些人突然"呼啦"一下不见了。

张强猛地惊醒过来，揉揉眼睛，只见屋子里空荡荡的，除了自己，什么人都没有，只有电视机还开着。这是怎么回事，是自己太累产生的幻觉？张强也顾不得多想什么，把电视机一关，迷迷糊糊中头一歪，就又睡了过去。

这一觉，张强一直睡到第二天傍晚才醒，他懒洋洋地起床，刷牙，洗脸，然后就打算去街上随便对付一顿。走到楼道口，张强碰到隔壁邻居老李，刚从外面回来，老李一看到张强，就竖起大拇指夸他："张师傅，你真是个文明人哪！"

张强挺纳闷："怎么回事？"

老李感慨地说："昨晚你屋里很多人在看电视吧？声音还这么轻！你不知道，以前住你屋的那个家伙，天天看电视看到深更半夜，还老喜欢大喊大叫，吵得大家都睡不好。"

可是张强一听老李这话纳闷了："我没带朋友回家呀，老李，你弄错了吧？"

老李笑着说："这还有什么不肯承认的，大家都说你好嘛！"

张强看老李说话的样子挺认真，越发糊涂了，想来想去，就想到自己昨夜是有过一阵子幻觉，好像和许多人在一起看电视。可那毕竟是幻觉呀，怎么说也跟老李说的八竿子沾不到边哪！

张强猜不透到底是怎么回事,心里不禁有点惶恐起来。

这时候,天上开始下起了毛毛细雨,张强惊魂未定地在街上打发完自己的肚子,就赶紧回屋。他脑子里一直响着老李说的话,顺手又打开了电视机,正好电视里在播放一部警匪片,警察飞车追捕亡命之徒,追着追着,车子在飞越铁索桥的时候,突然翻下了万丈悬崖。"啊!"屋子里顿时响起一片惊叫声,张强吓出一身冷汗:这声音是从哪里来的?怎么会有这么多人?莫非这屋子会闹鬼?

张强越想越害怕,瞧瞧窗外,此时天已经黑了,出门他不敢,打电话又不知道打给谁好,想来想去,还是喝酒吧!喝酒可以壮胆啊,反正明天不上班,喝醉了就什么都不知道了,熬过这一夜,赶明儿一定换房去。

嗨,也该是有事!张强给自己倒了满满一杯酒,刚喝了一口,突然就觉得有点内急,大概是吓怕了,他把酒杯往桌上一放,就起身去解手。可是才这一会儿的工夫,只听外面"砰砰"两声响,张强奔出来一看,只见放在桌上的酒杯和酒瓶子都已经摔到地上成了碎片,屋子里弥漫着一股浓郁的酒香味儿。

张强脸都吓白了:明明酒杯和酒瓶子放得好好的,没人去碰,怎么会莫名其妙摔到地上了呢?

就在这时候,张强的手机响了,一听,是公司值班的同事打来的,说临时接到任务,要给邻市某医院赶送一批急救药品,驾驶员全部出动,让张强马上过去。事关重大,张强也顾不上害怕了,拿上外套就赶紧出门,一面跑一面庆幸:幸亏酒瓶子打碎了,真要将这瓶酒喝了的话,今晚岂不误事?

第二天,张强执行完任务,回到小屋已经是后半夜了,跟他一起来的,还有他的那帮司机朋友,他们听说张强屋里的奇怪事,都来给他壮胆,顺便也想来看个究竟。

司机们跟着张强轻手轻脚地上楼,走到门口贴耳一听,里面果真有电视开着的声音。

这拨人到底是谁? 他们为什么非要一起到张强屋里来看电视? 一个司机朋友好奇地弯下身子,悄悄从门缝往屋里看,天哪,一屋子的人,老老少少、男男女女都有。司机朋友让张强赶紧掏钥匙开门,可是奇了怪了,等推门进去一看,屋子里却光光的一个人也没有了。

张强和司机朋友们惊得目瞪口呆:这么多人,怎么说没就没了?

许久,一个司机朋友回过神来,四下里一瞧,心里"咯噔"一下,问张强:"你这电视机是从哪儿买来的?"

张强指指窗外,说:"就在前面那个汽车站啊! 那天我正好走过那里,看到车站要翻修,在拍卖这玩意儿,就买回来了。怎么,这也有讲究?"

司机朋友沉吟着,自言自语道:"难道真……真会有这种事情?"

"你说什么?"张强追着他问。

司机朋友拍拍张强的肩,语气显得十分沉重,说:"我以前有个朋友,就在这个汽车站里开大巴,那天他开车去省城,正逢暴雨天,大巴经过市郊天马大桥的时候,竟一头栽进江里,车上三十六个乘客,加上他一个,无一人生还。我在想,肯定是这些人上车前在候车室里看过电视,而这台电视机现在正好被你买了来……"

张强被司机朋友这么一说,吓得浑身发抖:"那我该怎么办? 要不,我把这电视机扔了?"

旁边几个朋友听了也吓得直吐舌头:"扔,还是赶快扔了好!"

先前说话的那个司机朋友却若有所思,对张强说:"为什么非要把好好的电视机扔了呢？这些人原本可都是一条条生命啊，我相信他们绝对没有恶意，你就让他们来看嘛！"

张强愣愣地听着，脑海里忽然闪过昨天夜里酒瓶子被莫名其妙摔碎的事，心头一震，忙问："事故原因后来查出来了吗？"

司机朋友点点头："查了，是司机酒后驾车。"

张强的眼睛顿时就湿了：这些遇了难的乘客呵，他们简直就是自己的保护神啊！看来昨晚的酒瓶子一定是他们故意摔了的。他们要不是这样做，自己紧接着就去执行任务，说不定就落了个和遇难司机一样的下场了。

从此，张强每天下班回到小屋，就早早把电视机开了，有时回来晚了，还特地放轻脚步，想尽量不要惊着这些曾经遇了难的好心乘客，可是他们却再没出现过。

年终因为安全行车，张强拿到一笔奖金，他向单位请了三天假，特地去买了十瓶好酒回来，在桌上摆开三十七只酒杯，挨个给每一只杯子都斟上，斟一杯酒，流一串泪。

末了，张强给自己也满满斟了一杯，随后举起酒杯，含着眼泪，恭恭敬敬地说："各位朋友，我一直想好好地谢谢你们，现在就让这杯酒代表我的心意吧！"

随即，张强又对着中间一杯酒说："这位司机大哥，咱们是同行，你到那边若是还干这营生的话，以后就千万别再喝酒了，今天咱们喝的是最后一杯。"

张强说到这里，声音越发哽咽："朋友们，你们别为我担心，我请了三天假，留了足够醒酒的时间，就想趁这个机会，和大家聚一聚。还有，我向你们保证，这也是我最后一次喝酒，我一定说话算话。如果你们领情，咱们就一起干了这一杯吧！"说完，他一仰脖，把杯中的酒倒进了肚里……

第二天，张强一觉醒来，天已大亮，他抬头看，桌上三十七只酒杯，只只杯中滴酒不剩！

（谭金金）
（**题图**:黄全昌）

小鸡啄开了股市的门

　　沈三河是个老股民,可自打入市以来,却从来没有挣到过钱。

　　进股市第一天,人家就给沈三河介绍了一位大师,大师推荐沈三河买"飞羊科技",说高科技是金蛋,能孵出金山来。可沈三河真是倒霉呀,这个"飞羊科技"他一买进就跌,一卖出就涨,忽上忽下就像坐电梯似的,他在股市里折腾了整整十年,最后被彻底套牢。

　　股市上流传一句话:谈恋爱谈成了老公,炒房产炒成了房东,买股票变成了股东。这好像专门就是在嘲笑沈三河的,所以沈三河的老婆李桂霞只要一提起沈三河买股票的事,就憋气。

这天，沈三河从股市回来，李桂霞看他脸都灰了，急着问："怎么样？咱那钱……"

沈三河嘟囔着说："什么钱钱钱的，唉，当初'飞羊科技'我们十三块一股买进，现在跌得只剩个零头了！"

李桂霞一听亏得这么惨，人顿时就傻了，眼睛一瞪，嗓子眼里"咯咯"响了两声，眼看就要昏过去。沈三河吓坏了，连忙给她前心后背地一阵抚弄，好一会儿，李桂霞总算缓过气来，可从此就落下了病根，一会儿发呆，一会儿发疯，把家里折腾得鸡犬不宁。

这一来，沈三河心里就更窝火了，一狠心，干脆"割肉出局"，瞒着李桂霞把当初买的七千股"飞羊科技"全卖了。走出证券公司，沈三河摸着口袋里那薄薄的一沓子钞票，再也忍不住心头的痛，蹲在路边就"哇哇哇"地哭了起来。

这时，正好有个中年人拎着一只纸箱走过，看到沈三河这副伤心样子，就关心地问他："老兄，有什么难处啊？"

沈三河扫了他一眼，见他手里拎的纸箱里有几只小鸡仔，身上被染了色，又是黄又是绿，叽叽喳喳，十分可爱，联想到自己的处境，不由重重叹了口气。

中年人见状，劝沈三河："买只回去吧，给自己解解闷，又能逗孩子开心。"

可沈三河哪有心思摆弄这个呀，他摇摇头，没吭声，站起来就走。

中年人追上来，对沈三河说："老兄，反正我要收摊了，送你一只，带回去养着玩玩吧，也好解个闷。"

沈三河想起李桂霞年轻时在老家曾养过鸡，看到小鸡仔说不定能高兴起来，于是就谢过中年人，将小鸡仔接过来揣进口袋，又掏了二块钱给人家。

走到家门口，沈三河把小鸡仔掏出来看看，一伸手，指头上黏黏的，乖乖，粘了满手的鸡屎，黄黄绿绿，一股酸臭味儿。他心里一酸：人要倒霉了，连小鸡仔都敢来欺负啊！想到这里，他不由叹了口气，撩起衣角正要擦手，没想那小鸡仔竟从他手里一挣，跳到地上，直啄他家的门。

李桂霞在屋里听到动静，开门出来一看，这么可爱的一个小家伙，眼睛里顿时就放出光来，简直像换了个人似的，捧起小鸡仔亲热地抚摸着，也不管它身上沾着屎，那喜欢劲儿就甭提了。沈三河见此情景，不由长长舒了口气，他打定主意先不给李桂霞提割肉卖股票的事，走一步看一步，挨过眼下再说。而李桂霞呢，也顾不上问沈三河了，一个劲儿地逗着小鸡仔玩，家里的气氛立刻就变得轻快多了。

到了吃晚饭的时候，两口子刚在桌边坐下，那小鸡仔就突然跳上餐桌，大模大样地溜达起来。这下沈三河可就皱起了眉头：毕竟人是人，鸡仔是鸡仔呀！再说刚才手上的鸡屎虽然洗了，可那黏糊糊、臭烘烘的感觉却怎么也去不了，他越想越觉得恶心。

可李桂霞却满不在乎，还对沈三河说："你别皱眉头。你不懂，鸡仔上桌，这表明咱们要交好运了！"

沈三河鼻子里"哼"一声："什么好运？鸡屎运。"

李桂霞拍着手说："对呀，鸡屎运，就是鸡屎运！三河，咱们要发了！"

沈三河不想刺激李桂霞，便任由她说去，自己只顾闷头吃饭。

第二天一大早，沈三河刚睁眼，突然听到李桂霞在阳台上惊叫，他赶紧奔过去，一看，傻了眼：昨儿那只小鸡仔不见了，一只母鸡正扭着大屁股，在他家的阳台上悠悠地走来走去。夫妻俩不由瞪直了眼睛：怎么一夜之间小鸡仔竟然变成了大母鸡，这不神了吗？两口子赶紧退出来，关紧了阳台门。

李桂霞趴在沈三河耳边说:"这肯定是一只能下金蛋的母鸡。"

沈三河直摇头:"净瞎扯,哪有鸡会下金蛋的?"

李桂霞在他背上使劲拧了一下:"那你见过一夜长大的小鸡仔?"

两人正你一句、我一句地说着,那母鸡忽然"咯咯咯"地叫起来,他们赶紧又推开阳台门去看,发现这只母鸡已经在他们昨晚做的棉絮窝里下了一只蛋。

李桂霞抓起这只蛋仔细看,没见蛋壳上有什么金灿灿的颜色。她不甘心,走进厨房,拿了个碗,把蛋朝碗里一打,从蛋壳里流出来的蛋清、蛋黄和普通鸡蛋也没什么两样。她失望极了,正要说什么,那只母鸡忽然在阳台上发疯似的扇着翅膀四处乱撞。

沈三河见状,忙把李桂霞拉到一边,说:"你看,准是它不愿让你把蛋打了。"

李桂霞猛一警醒:"那……会不会这蛋它是要用来孵小鸡仔的?"

沈三河点点头:"说不定哩! 以后它再下蛋咱就先不去动它,咱得留点儿神。"

于是,两个人就开始留意阳台上的动静。

果真,到晚上八点钟的时候,母鸡又在窝里下了一个蛋。并且从这以后,每天早八点、晚八点,它都会下一个蛋,一直下到第六天,下完第十二个蛋之后,这才安静了,坐在蛋上不吃不喝,真的开始孵起小鸡仔来。

一个星期之后,这天天刚蒙蒙亮,沈三河和李桂霞就被"啾啾啾"的闹声惊醒,跑到阳台上一看,大母鸡已经孵出了一群黄嫩嫩的小鸡仔,它们挤着嚷着排成一排,数数,一共十一只。李桂霞心里真是后悔啊:本来应该十二只才对,都怪自己打了一个蛋,糟蹋了一只鸡仔。

　　既然碰上了这么神奇的事儿，两口子就不敢怠慢了，一商量，决定去郊外租一座带院子的屋，养这些神鸡。

　　第二天，沈三河揣上钱，和李桂霞一起去郊外租房子，事到如今，他只好向老婆交代，租房的这些钱是他割肉从股市里拿出来的。没想李桂霞听了竟一点不气恼，还说，如果那天沈三河不去股市割肉，就不会得到这些神鸡，办什么事就得讲究个"鸡遇"！沈三河这才松了口气，两口子看中房子后付了一年的租金，然后就搬了过去。

　　但是搬了新家之后，母鸡和它的鸡仔们并没有什么出奇的迹象，李桂霞不由犯起了嘀咕。可沈三河嘴上没说，心里却有了谱，因为他已经注意到：每天一到傍晚六点，母鸡就会"咕咕咕"地下命令，小鸡们于是就立刻交错排列，在院子西南角的槐树下拉起屎来，十一只小鸡拉十一堆屎，天天如此，日日不变。

　　沈三河是个有心人，他悄悄用粉笔把那十一堆鸡屎连起来，想不到这一连，竟形成了一条高低起伏的波浪线。他盯着这条线看，越看越觉得眼熟。天哪，这不是股市的走势图吗？确切地说，是"飞羊科技"的走势图哇！

　　经过反复比较，沈三河确定：这鸡屎堆连成的波浪线，和"飞羊科技"第二天的涨跌趋势完全一致。他把自己的这个发现告诉李桂霞，李桂霞兴奋得发狂，连连催沈三河快去股市："我们翻身啦！我们要发啦！"

　　夫妻俩于是把所有的积蓄都投进了股市。这次沈三河卷土重来可谓气度非凡，他做的依然是"飞羊科技"股，什么时间买入，什么时间卖出，步步踩得很准，简直就像额上长了一只黄金眼，可谓十拿十稳。很快，他账户上的资金节节攀升，进了中户室，又进了大户室。

　　沈三河的变化，引起了证券公司张经理的注意。张经理十分纳闷:一个曾经对股市彻底绝望了的小股民,怎么转眼就成了巨鳄?他把沈三河约到咖啡屋,想套出他的秘密,可张经理在股市的名声很臭,常常暗地里跟庄家联手坑害股民,放假消息,挪用股民资金,沈三河很讨厌他,但此时,沈三河不得不与张经理面对面坐下来。

张经理干笑着说:"老沈,你现在每笔交易都能踩准节拍,真是神了啊!"

沈三河朝他咧咧嘴:"什么神不神的,我这是瞎猫碰上死老鼠,巧呗。"

张经理眉眼一转,凑上去悄声道:"你别和我打哈哈了。这样吧,我负责调动资金,咱们合伙赚它一把,怎么样?"

沈三河不想搭理这种人,所以"哼哼哈哈"地应付一阵,就走了人。张经理见沈三河不肯透露半点口风,心里不甘,于是就派人盯上了他。

没过几天,那人来向张经理汇报说:"沈三河在郊外有座小院,可看上去破旧得很,根本不像藏龙卧虎之地。"

张经理皱着眉头思索片刻,问:"小院里有没有什么花头?"

那人嘟囔道:"那种地方能有什么花头?我仔细看过了,只有一只老母鸡和一窝小鸡。"

张经理一听,破口大骂:"我花钱雇你,你就给我带回来这么点屁事儿?真是废物!你再好好给我想想。"

那人想啊想,慌忙补充:"我想起来了!姓沈的家伙有个习惯,每天下午六点,他都要蹲在院里的槐树下,盯着地上一堆堆鸡屎发呆,他……"

那人话还没说完,张经理就气得一脚踹了过去:"你眼睛里除了鸡就是鸡屎,你还能不能说点别的?"

可是发完火之后,张经理心里忽然打了个激灵:一般来说,超出常规的举动都往往暗含着某种特殊的目的。沈三河现在身为股票大户,竟然每天盯着一堆堆鸡屎发呆……嗯,这或许有点意思。

第二天傍晚,一个乞丐出现在了沈三河的院子外面,他看看四下没人,就急忙爬上附近一棵大树,掏出望远镜朝院里窥探。果然,准六点,那母鸡指挥小鸡们开始拉起屎来,过后,沈三河就用粉笔在鸡屎堆之间画线。

那乞丐在树上举着望远镜看得可入神了,而且一看就看出了道道。他兴奋得手舞足蹈,没想身子一歪从树上掉下来,摔在地上痛得"哇哇"直叫。

沈三河听到声音跑出院子一看,这摔在地上的人不是张经理吗?脑袋上磕了个口子,鲜红的血"扑扑扑"地直往外冒,他赶紧把张经理搀进院子。

张经理嘴里直嘟囔:"老沈,你别瞒我了……嘿,我现在知道你这鸡屎里的秘密啦!"

沈三河一听,心里暗暗叫苦。可他万万没料到,这个张经理从他这里回去后,竟四处放话说研究出了什么"鸡屎预测法",一时间把股市闹成了一锅粥。这还不算,过了几天,张经理索性又花重金雇人把沈三河院里的这些鸡全偷了去,养在他自家的院子里,当天就猴急地等着小鸡们给他拉屎。

还别说,尽管挪了地儿,可到傍晚六点,十分准时,那只母鸡依旧一声令下,十一只小鸡就开始行动,张经理也用粉笔把一堆堆鸡屎连起来,果真也组成了一条波浪形的曲线。

张经理是内行,一看曲线真是喜出望外:这可是目前最难预测的"蓝云地产"股的走势图啊!他当机立断,立刻抽调资金,第二天重拳出击跟着吃进;小鸡们接着拉下的一堆堆鸡屎又组成了新的曲线,他一看,分明是另一只股的走势图,于是又跟着吃进……

连续三天,张经理在股市投下了他的全部血本。可让他万万没有想到,这些鸡屎曲线竟没有一条灵的,他买的这几只股竟一路狂跌,短短几天就血本无归,最后心脏病发作,被送进了医院。

经过医生全力抢救,张经理总算捡回了一条命,可他还是念念不忘他的鸡屎预测法,这天竟做了一个梦,梦见那十一只小鸡拉的十一堆屎连起来,又组成了一幅新的走势图,他兴奋啊……

但梦做到这里,张经理突然醒了,他睁开眼睛望着天花板,心里不住地在琢磨:这幅走势图怎么看上去这么陌生,它预示的会是哪只股呢?他在脑子里拼命搜索,无意中朝床边柜上一瞥,发现那里有一份心电图检查报告,拿过来一看,不禁目瞪口呆:报告上显示的曲线,居然与他在梦中见到的那条曲线一模一样。

再说沈三河,他后来花高价辗转从张经理手里赎回了母鸡和那十一只小鸡,从此远离股市,索性去郊外办了个养鸡场,和李桂霞过起了清闲日子……

（风　快）

（题图:谭海彦）

拍 掌 称 奇

俗话说:画虎画皮难画骨,知人知面不知心。看似怪诞不经的蹊跷事,背后却隐藏着神秘莫测的动机。

钓来的存折

灵桥乡的吴乡长酷爱钓鱼,这天上午,他夹着钓鱼竿子独自来到东湾村的鱼塘。

刚到塘边,两位村干部闻讯就赶过来给吴乡长献殷勤,又是撑遮阳伞,又是献茶敬烟。可吴乡长最讨厌的就是自己钓鱼时有人在旁边多嘴多舌,两个村干部这么一来,他眉头就皱了起来,最后实在忍不住,挥挥手叫他们回村去了。

吴乡长这天手气很好,没用多少时候就钓到四五条鲤鱼,足有十来斤重。他心里正高兴,忽见鱼浮猛地又往水里沉,便一边提渔竿,一边咧开嘴直乐:"哈哈,今天是什么日子哪,怎么这鱼尽往我杆子上咬?"

谁料这次渔竿好沉好沉,等吴乡长好不容易把渔竿从水里提起来,他一看傻了眼,只见渔钩上挂着一团拳头大小的污泥。真是邪门儿了!吴乡长觉得有点晦气,就收起渔竿,用力把污泥甩在地上,可没想污泥里竟裹着一个塑料袋,袋子居然还用一根细铁丝捆着。

吴乡长很惊讶,赶紧解开细铁丝,打开塑料袋,一看,里面竟是一个二万元的活期存折。再细看,这个存折是三年前办的,户名"钱大发"。

吴乡长不由琢磨开了:这个钱大发是谁?他为什么要用如此办法把存折沉入鱼塘?这个存折到底是真的还是假的?万一不是钱大发自己这么做,那么他发现存折没有了,会不会已经向银行挂失?或者,这本身就是谁搞的一场恶作剧?

吴乡长胡乱想了好一会,也没理出个头绪,他没心思钓鱼了,把存折往口袋里一塞,收了渔具就骑上摩托车回家了。

老婆见吴乡长工夫不大就回来了,觉得很奇怪:"你今儿是咋了?"等吴乡长悄悄说了原因,老婆惊得一愣一愣地直扑瞪眼睛。

见老婆半信半疑,吴乡长便把口袋里的存折掏出来给老婆看。老婆拿着存折左看右看,又小心翼翼地拿起电话,旁敲侧击地问银行,发现这个存折不但是真的,而且没有挂过失,她乐得一蹦八丈高。

不过吴乡长不像他老婆,毕竟当了多年乡干部,风风雨雨见得多,他挺沉得住气。当天下午,吴乡长不动声色地找到东湾村的村长,问他:"你们村那口塘里,以前出过什么怪事吗?"

村长见吴乡长这么问,先是一愣,而后搔着后脑勺极力回忆,终于想起来了,说:"有!三年前公安局曾在这口塘里捞出过一具男尸,据说是县里一个什么局的局长,因为贪污受贿,畏罪自杀的。"

啊?吴乡长闻言浑身一哆嗦,赶紧告辞走人。

　　吴乡长刚调来这里当乡长不久,三年前这里发生的事他当然不知道。为了摸清事情的原委,他又找一位乡政府的老干部询问。老干部戴着老花镜从文件柜里翻出一份旧文件,是当年县纪检委发的通报,详细记录了那个局长从贪小便宜逐步发展到贪污受贿的经过,文件最后还说,由于那个局长自杀前分散转移了大量存折,所以给侦破工作带来了很大难度云云。

　　我的天啊!读完材料,吴乡长吓出一身冷汗。难道这二万元存折就是那个局长自杀前销毁的罪证之一? 他不敢再往下想,忧心忡忡地回了家。

　　谁料吴乡长刚踏进家门,他老婆就满面春风地迎上来,把一根新买来的钓鱼竿塞到他手里,说:"这是给你的奖品,明天抽空再到那个塘里钓鱼去!"

　　吴乡长想起那个局长的下场,真是气不打一处来,他"啪"地拿过新渔竿就一折两断,朝老婆大吼道:"你给我滚,我现在还不想死!"

　　当天晚上,吴乡长就把这个钓来的存折交到了县纪检委去,而且从此再不钓鱼了。

(刘金涛)

(题图:刘斌昆)

椅子官司

阿昌人特胖，体重有三百多斤，一眼望去，像座小山。

那天，阿昌到一家宾馆的冷饮部去喝冰啤酒，不料屁股刚刚搭上椅子，就听"喀嚓"一声，椅子被他坐散了架，阿昌重重地摔倒在地上，挣扎了半天才爬起来。

阿昌正揉着被摔痛了的腰时，服务小姐领着老板走过来。老板对阿昌说："先生，您坐坏椅子了，按照我们这里的规定，不好意思，您得照价赔偿。"

阿昌曾经当过兵，至今也没有忘记《三大纪律八项注意》，其中有一条就是"损坏东西要赔"，于是连忙点头，说："应该的，应该的，我赔，我赔。"

老板见阿昌态度很好，便和气地说："不瞒先生说，这是一把红木椅子，一千五百元，买来才两个月。这样吧，照原价打七折，零头抹去，您就赔一千吧。"

阿昌大吃一惊："什么，一千元？你把我当冤大头宰呀？"

老板给阿昌解释："我们从来不宰客，先生若不信，可以看原始凭证。"说着，便叫人去找来当初买椅子的发票。

阿昌一看，确实不错，是那个价，没办法，只得自认倒霉，掏出一千元了事。

话说阿昌本来就有腰椎盘突出的毛病，经这么一摔，旧病复发了，躺在床上动弹不得，家人只好送他去医院治疗，推拿按摩，扎针灸，拔火罐……足足折腾了一个多月，花费了五千多元钱，才痊愈出院。

阿昌平时是个提得起、放得下的男子汉，可这么一来他憋不住了，逢人就要把自己赔椅子的事讲上一通，以发泄心里的火气。

一天，阿昌应邀去一位新婚不久的朋友家做客，吃饭时谈到胖与瘦的话题，阿昌联想到自己赔椅子的晦气事，不由又把它从头到尾地说了一遍。

在场的人听了都捧腹大笑，谁知朋友的新娘却认真地对阿昌说："不对呀，要是事情真如你说的那样，那就应该是由宾馆来赔偿你的损失，哪能要你来给他们赔椅子钱呢？你这是被他们坑啦！"

被新娘这一说，阿昌愣住了，疑惑道："你不会是在逗我吧？损坏东西要赔，这是天经地义的事啊，哪能让他们赔我？不可能，绝不可能。"

新娘笑了："你读过《消费法》吗？你到宾馆去喝啤酒就是消费者，你坐垮了他们的椅子，那不是你的错，而是他们的过失。所以你不但可以要回那一千元椅子钱，还可以向他们索赔医药费、精神损失费和误工费。"

新娘这番话，把阿昌说得一愣一愣的。

看着阿昌犹疑的神情，新娘又十分认真地对他说："真的，我不逗你，你这场官司打起来肯定稳操胜券，我是律师，我懂法。"

后来，在众人鼓励和新娘律师的帮助下，阿昌果真一张状纸将宾馆告到法院，双方对簿公堂，法院经过审理，最后判决宾馆除退还阿昌一千元椅子钱外，还得赔偿阿昌医药费、精神损失费、误工费等等，合计八千一百二十四元，并且当场一次性付清。

宾馆老板觉得自己吃了大亏，实在咽不下这口气，后来脑子一转，便效法阿昌，一张状子将椅子生产厂家告上法庭，后来也打赢了官司，赔给阿昌的那八千多元钱于是就由厂家掏了腰包。

厂家生产假冒劣质产品，只得自认晦气。

现在最高兴的要数胖子阿昌了，他怎么也没想到自己竟能因祸得福净赚三千元，这不是将晦气变成了运气吗？哈哈哈哈，他笑得嘴巴都合不拢。

笑完之后，阿昌脑子里突然生出一个念头：既然钱这么好赚，为啥不多赚点呢？于是从此他就经常去酒店、茶楼转悠，发现有不结实的椅子就使劲往上坐，只要"喀嚓"把椅子坐垮，哪怕摔得再痛他也愿意，人倒在地上不起来，让人家把自己送医院去，然后一张状子递法院，这个费、那个费地要他们赔，谁想赖皮的话没门，对不起，法庭上见。

这样一来，阿昌就在当地渐渐出了名，那些饭馆、酒楼只要看到阿昌进门就害怕，有的干脆就特设胖子专座，以防出事。知道底细的都在背后戳阿昌的脊梁，有的甚至当面对他讽刺挖苦，称他是"椅子官司专业户"。

妻子劝阿昌别再做这种无聊事，可阿昌根本听不进去，一只耳朵进、一只耳朵出，一有机会，照干不误。

终于有一天,阿昌到丈人家去打麻将,见椅子不太结实,他习惯成自然,也像进饭馆那样使劲往上面坐,结果只听"哗啦啦"一声,椅子当场散了架,阿昌摔在地上不说,还一头撞倒了椅子背后的衣柜。结果那只衣柜整个儿倒下来,把阿昌的脊椎骨完全压断了。

丈人一看阿昌这个样子,顿时就吓坏了,赶紧把他送医院。经医生抢救,阿昌的命是保住了,可他的下肢却彻底瘫痪了,以后就连哪怕再舒服的椅子他也不能坐了。

这下阿昌还想打什么官司? 跟谁打去?

(作者:叶大春;讲述者:吴文昶)

(题图:箭 中)

天上真的掉馅饼

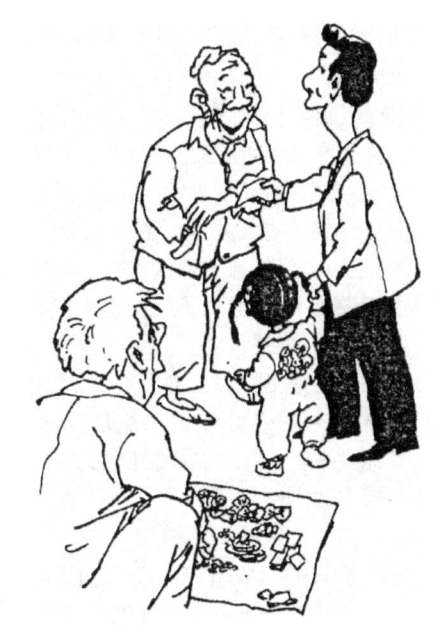

　　吃过晚饭,王大武带着五岁的女儿去逛街,孩子眼尖,在一个地摊上一下子就看上了一个蝴蝶结。

　　摊主说要一元钱一个,王大武往口袋里摸了半天,只摸出九毛钱,于是便笑着对摊主说:"老板,欠你一毛,以后我多照顾你的生意。"

　　摊主却连连摇头,说:"这哪行!小本生意赚的是分分钱,你抠我一毛,我不但不赚,反还贴本了。说以后照顾生意,那是漂亮话,我心眼儿实,不爱听。"

　　摊主这么一说,王大武就愣了:想不到这家伙这么小气?心里便来了火,于是拉起女儿就走,对女儿说:"这种蝴蝶结什么地方没有?我们上别处买去。"

可女儿脾气倔,哭着嚷着就是非要买不可。

王大武没办法,只好从口袋里掏出钱夹子,从里面抽出一叠大票,冲摊主说:"行了,我都是百元的,你找钱吧!"

摊主一看,撇撇嘴说:"你何必给我出难题呢,这么大的票子,我找不出来,你还是去别处换开吧!"

怎么办?这边女儿非吵着要买不可,那边摊主却又说找不出零钱,王大武只好强忍着火,拿了钱去旁边摊位上问。可那几个摊主都说换不开,他转了一圈也没换成,只好回来再和这个摊主商量,让这一毛钱算了。

可摊主就是不松口:"你这么有钱的人,赖我一毛有什么意思?哼,越有钱越爱贪小便宜,这话真是说得一点不错啊!"

王大武一听,气得简直要吐血,心说:"你说我有钱,那好,我就做一回有钱人给你看看!"他决定要当着摊主的面,拿一百元去向路人换一毛钱给他。

王大武抬头一看,正巧迎面走过来一个少女,他招招手请她停下,说:"姑娘,我用一百元跟你换一毛钱,行不行?"

少女愣住了,满面春风的脸突然就变得冷若冰霜,骂了王大武三个字"神经病",扭头就走。

王大武觉得自己这个举动可能是有点儿唐突,所以尽管挨骂也不泄气。他看一个戴眼镜的先生走过来,就又上去拦住他,把手里的一百元钞票朝他眼前一晃,解释说:"先生,我急需一毛钱,我现在用这一百元买你一张角票,行不行?"

这位戴眼镜的先生也愣住了,随后就斥责王大武说:"你这是在用假票子坑人吧?大白天也敢干这个事,胆子太大了吧?我劝你还是规规矩矩做人好。"

王大武此时突然就像一下子掉进了冰窟窿里,感觉浑身冰冷。

那摊主在一旁看着,幸灾乐祸地说:"我说先生,你还是赶紧把这一百元钱收起来吧,没人会跟你换的!"

王大武朝摊主一瞪眼,心里很不甘,对自己说:"最后再试一次。"

他四下一瞅,发现有个老头,看上去像是见过些世面的人,便走过去,恭恭敬敬地说:"大爷,我用一百元买您一张角票,行不行?"

那老头朝王大武微微一笑,点头说:"行呀,我已经在这里看你多时了,我给你换。"

王大武看老头这么爽快,还不敢相信:"大爷,您……您真愿意?"

老头乐了:"当然愿意啊!"一边说,一边就给王大武递过来一毛钱。

王大武乐坏了,赶紧将手里的一百元大票递上去,老头接过钱,瞟了一眼,就将它塞进了自己的口袋。

眼前这一幕真有点像是在做梦,王大武盯着老头问:"大爷,您真相信会有一百元买一毛钱这样的事?您就不怕我是神经病?不怕我是在用假钞蒙您?不怕我是在设圈套坑您?"

老头一捋胡须,呵呵笑着回答王大武说:"我在这世上活了七十多年,奇奇怪怪的事情听得多,见得也多了。我倒是奇怪,怎么现在的人胆子越来越小,什么都不敢相信了呢?这样下去,活着还有什么意思?"

王大武一听老头这话,不由竖起拇指说:"大爷,您真是高见啊!"

说完,他把从老头手里换来的一毛钱给了那个摊贩,随后拿了蝴蝶结就带着女儿走了。

谁料就在这个时候,老头在背后叫住了他们。老头拍着王大武的肩膀,对他说:"年轻人,你这一百元我不能要,一毛钱就算是我支援你的吧。我刚才所以把你的钱塞进口袋,无非是想告诉旁边看热闹的人：这个世界太大了，什么事都是有可能发生的，该帮助、能帮助的时候，就要帮人一把，所谓'勿以恶小而为之，勿以善小而不为'嘛！对了，我和我老伴就在斜对面那个角上摆烟摊，零钱多得很，今后有什么麻烦，尽管来找好了。"

王大武无论如何不肯接老头退给他的这一百元钱，老头吼起来了："年轻人，你把我看成什么人了？"

王大武只好把钱收下，他激动地对女儿说："快，谢谢好心的爷爷。"

这一回女儿很乖，眨巴着眼睛看着老头，嘴里甜甜地说道："谢谢爷爷！"

（吴　为）

（**题图**：李　加）

奖出来的祸事

平原乡政府为了调动各村干部的积极性,每年都要给他们批些奖励指标,这叫"给政策"。有了这个政策,村里就可以正大光明地分发自家的钱,而对乡里来说,不花一分钱干赚下面人情,何乐而不为?

可问题是,这个做法到后来就走了味儿,乡里干脆睁只眼、闭只眼地彻底送人情,只要下面村里要啥奖,他们就批啥奖,数目也不限。

按惯例,今年批奖的日子眼看就要到了,各村干部就都开始忙活起来,纷纷给乡里打报告要指标,马埠村当然也不例外。会计"小脑瓜"问村主任"马糊涂":"我说马主任,今年奖啥?"

马糊涂未加思索,脱口就说:"奖计划生育吧。"

小脑瓜听了直摇头:"又是老皇历!这都连着奖儿年了,也该换换花样啦!再说今年'马虎眼'和'马二拐子'都超生了,发这奖不合适。"

马糊涂一听,便问他:"那你说奖啥子?"

小脑瓜拍拍脑瓜说:"要叫我说,就奖体育。"

马糊涂疑惑地看着小脑瓜。

小脑瓜一板一眼地给马糊涂解释:"马主任,你想,我们村的篮球队在乡里比赛得了冠军.不该奖一奖?你看奥运会,运动员得了金牌,领导和教练都奖!"

马糊涂恍然大悟,一拍大腿说:"对呀,今年就奖体育!"

于是,马埠村的"体育组织指导奖"申请报告立刻打到乡里,专等乡长签字和文书盖章。

嘿,事儿巧了!正好前一天,县里给每个乡发来一份传真,要求各乡出一支体育代表队,参加县上的冬季农民运动会。这事儿可把平原乡的乡长给难住了,要知道,时下市场经济,不养闲人,乡里哪还有专人搞体育?再说组队就得花钱,这搞体育的钱往哪儿去要呀?乡长想把这事儿推了,又怕得罪县里,正犯愁呢,马埠村的申请报告来了!

这不应了"睡觉就有人送枕头"的老话了么?乡长立刻给文书下了一道命令:"你告诉马埠村,要他们组织个篮球队,代表咱平原乡参加县冬季农运会,否则这奖就免谈。"

乡长下这个命令不是空穴来风,说起来,这还是上半年的事。平原乡为活跃农村文化生活,要组织各村开展篮球赛,还规定如果不参加就罚义工,马糊涂好歹拉了些人去参加,结果去了才知道,只有他们村派了人,其他村根本没理睬。乡里眼看着早已写好的奖状发不下去,就在第一名的奖状上填上马埠村的名字给了他们。现在比赛真来了,派马埠村组队去参加,不也是顺理成章的事儿嘛！

可马糊涂心里清楚：自己当初拉的那些人是谁呀，强劳力都在地里干活，去的都是村里的一些乌合之众，怎么能代表乡里去上大场面？唉，眼下有心要出个篮球队吧，手上真没有；可不出吧，奖金就要泡汤。辛辛苦苦干了一年，村委一班人都热巴巴地盼着这些钱，总不能就这么放弃了吧？况且马糊涂自家也盼这笔奖金哪，这钱早已进了老婆年初的预算，到时候拿不到钱，女人发起威来，马糊涂还真摆弄不平哪！

还是小脑瓜脑瓜转得快，他给马糊涂出主意说："马主任，我看不如多奖几个工，弄几个小青年去县上比划比划得了。"

马糊涂想不出更好的办法，只得如此。他让小脑瓜去张罗了几个年轻人，临时拉了个草台班子。临出发，马糊涂再三叮嘱："不指望你们拿啥子奖，随便比划比划，能应付过去就算完成任务。完事后，咱们去喝羊肉汤！"

一干人到了县上，初次参赛还觉得挺新鲜，可毕竟都是临时拉来的呀，后来就乱哄哄的根本没了章法，一家伙被人家灌了十几个球之后，这些血气方刚的愣头青们一时性起，只一支烟的工夫就把人家撞伤了三个。对方咋忍这口气？两拨人于是就扭打在了一起。

在场外督战的马糊涂急呀，可有什么用呢？以"团结、健康、进步"为主旨的农运会，就这么被马埠村人给搅得个一塌糊涂。

当晚，赛场斗殴的事情就被县电视台曝了光。马糊涂第二天一大早就赶去乡里，想求乡长给县里说说情，谁知乡长一见他进门就怒目圆睁，"啪"地一拍桌子吼道："你这个马……"

乡长下面的话还没出口呢，怎突然不见了马糊涂的人影？再一看，马糊涂已经滚落到桌子底下，正在那儿"筛糠"着呢。

（崔京波）

（**题图**：李　加）

这个赌局有点怪

不论哪儿,都有怪事,云南有十八怪,要说我们城里哪,八十怪还不止呢!

今天不说别的,就说有这么一个人,名叫牛四,是个赌博高手,人称"赌王",六年前因犯窝赃罪进了号子,六年熬到头,总算出来了。

可是牛四出狱后身无分文,日子怎么过? 他思来想去,就打算铤而走险去抢点钱。拿谁开刀呢? 牛四的斜眼盯住了城郊一个领导干部的住宅小区,他觉得那里阔佬居多,地处偏僻,容易得手。

这天是星期天,牛四准备了一把匕首,夜半时分就悄悄出发了。这个住宅小区占地面积很大,虽然有围墙,有门卫,但由于领导们大多早出晚归,所以小区大门从来不上锁,牛四因此很容易地就潜进小区,在暗处躲了起来,准备守株待兔。

没过多长时间,就有个人摇摇晃晃地走过来,像是喝醉酒回家的。牛四一看,猛地从暗处蹿出来,用匕首顶住对方的胸口喝道:"别出声,否则就一刀捅了你!"

对方愣住了,待回过神来,抖着身子连连求饶:"饶命啊!好汉饶命!你要什么只管开口!"

牛四赶紧说:"钱!当然是钱了!"他让对方把身上所有的钱统统交出来。

对方于是就哆哆嗦嗦地翻衣兜,把翻出来的钱和手机交给了牛四。

牛四打开手电一看,什么玩意儿,钱不过百十来块,于是就逼对方再掏。

对方哭丧着脸说:"你就放了我吧,我全掏出来了……本来今晚是赢了千把块,可刚才……刚才那妞……那妞把钱给拿走了。"

牛四虽说进过号子,可抢钱的事儿还是第一次干,所以看上去样子挺凶,但心里还是怕怕的。他本想走人算了,可心里又实在不甘,于是决定再吓对方一下,就抬高嗓门说:"你少啰唆,到底今天拿不拿钱出……"

对方可是个软骨头,没等牛四把话说完,已经吓得"扑通"一声跪在地上了,他说现在身上实在没钱,不过他家就在前面不远,要不就让牛四随他到家里去取。牛四怀疑对方是在诈他,可看他这副吓得抖抖簌簌的样子,料定他没有这个胆量,于是便跟了去。

牛四本打算踏进他家后用手电照明,只要对方不开灯,自己就不会露真相。岂料这家门上装的是声控灯,两人刚走到门口,那灯就因为两人的脚步声响突然自动亮了起来,牛四一怔,对方也一怔,两人不由面面相觑。

按说既然牛四怕对方认出,这时就该拔脚逃跑,可是事情发生得太突然,他硬是被声控灯光给照槽了,而且更意想不到的是,他竟然觉得对方十分面熟。两个人四只眼睛对视的一刹那,牛四脱口惊叫起来:"你是庞秘书?"

对方也觉得牛四面熟,对方也脱口惊叫起来:"你是牛四?"

不错,双方都没有认错人。

这个姓庞的,是某机关一个办公室的秘书,牛四进号子之前,与他是来往很密切的赌友。这事儿就奇了:牛四是吃喝嫖赌的市井闲汉,他和庞秘书明明是两股道上跑的车,怎么会凑一块儿呢?原来庞秘书好赌,一到天黑,哪里有赌场他就往哪儿钻。不过比起牛四来,庞秘书的赌技差多了,特别是用扑克玩"欺上瞒下"的游戏,十回总有九回输,所以庞秘书很佩服牛四,还请牛四吃饭,让牛四手把手地教他。不过这些年没见,庞秘书已经由秘书蹿上处长了,如此境遇下相见,两人一时都手足无措。

但这种尴尬的时间很短暂,当庞处长看清面前这人是牛四后,心里不禁松了一口气,干笑一声道:"牛兄,你出来了?恭喜恭喜!手头紧,是不是?"

牛四点点头说:"是啊,手头没钱了。对不起,我这也是迫不得已!"

庞处长看着牛四,说:"我现在当处长了,回想起来,牛兄你当年曾经有恩于我,所以嘛,"庞处长的态度显得十分真诚,他一边嘴上这么说着,一边就把牛四拉进屋,走过去掀起沙发上的座垫,从里面取出一个纸包,说:"这是昨天人家送上门的一万块钱,你要是不嫌少,就拿去吧!"

牛四瞪一双大眼,盯着这一万块钱,心里却打起了小鼓:要是我收了这钱,他过后却去报案,说我抢劫,怎么办?可要不收,送到嘴边的肉不吃,是不是太窝囊了?

庞处长见牛四犹豫,便将纸包塞进他手里,说:"拿去吧,我只当输了回钱就是了。"

没想庞处长这句话一说,倒是提醒了牛四,牛四心里猛地一亮,说:"这么说来,咱俩不如就赌一把吧!如果你输,这钱便是我赢的;如果我输,那这账记着,以后有机会我再还你,那这钱就算不得是我抢了的吧?"

被牛四这一说,庞处长的赌瘾一下上来了,他把客厅的灯全开亮了,说:"好,一言为定,你赢了,这钱就是你凭本事自己挣的!"

说实话,此刻庞处长心里只想和当年的赌王乐一乐,对于上了赌瘾的人来说,赌博就是他生活里最大的乐趣,连家产、老婆都可以押上赌桌,何况是别人送的区区一万块钱。而牛四呢,自打进了号子后就再没赌过,现在当然要甩开膀子好好赌一把了。

赌什么呢?两人很快统一了意见,依旧用扑克牌玩欺上瞒下的游戏。这游戏的核心是哄骗、说假话,看谁的骗术高,看谁能把假的说成真的、真的说成假的,并且让对方不得不相信,就算谁赢。

牛四不愧是赌王,没多久,他就二比一赢了,一万块钱轻轻松松到了手。

牛四见好就收,准备拍屁股走人,这时庞处长说话了:"牛兄,容我说句实话,你现在的赌技太一般,我刚才其实是让着你的,要不,我看你准输得一败涂地。"

牛四一听哪里肯服,冷笑一声,说:"你不服?不服那就再赌一回。说好了,谁也不许让谁。"

两人于是较起了劲儿,吆五喝六地又赌起来,可结果完全出乎牛四所料,他真的赌输了,而且连输三把,输得屁滚尿流。牛四心里挺纳闷:几年不见,这姓庞的怎么就成精了?

　　按规矩,现在牛四手里的一万块钱就应当归还庞处长了。可牛四舍不得呀,他迟迟疑疑地愣在那里,决不定自己到底要不要把钱拿出来。

　　庞处长看穿了牛四的心思,说:"你还愣什么哪?这钱当然是归你的啰!后一回咱俩算是闹着玩的!嗨呀,我只不过是想让你看看,我这几年长进不小吧?名师出高徒,这就叫'青出于蓝而胜于蓝'啊!"

　　牛四心里很不爽,一声不吭。

　　庞处长就越发得意起来,继续道:"当初欺上瞒下的那些招数不是你教我的吗?这些年,我就是靠赌桌上的这些花样在仕途上活学活用,终于当上了处长。嗨,可没想到,反过来我又把在仕途上摸索到的欺上瞒下经验用在了赌桌上,竟然也是赢的多、输的少哇……"

　　牛四听着庞处长这番话,心里不由感慨万分:到底还是人家当官的有能耐呀!

　　这以后,他对庞处长佩服得五体投地。

(尹全生)

(题图:魏忠善)

人心难测

公路上驶来一辆黑色轿车,车里坐着两个人,一个是开车的,一个是坐车的。开车的司机是个年轻人,眼珠黑亮,活络得就像两颗琉璃球;坐车的中年人是某公司的老总,长得活脱脱一个大肚弥勒的模样。这阵子老总工作挺累,想趁星期天出来轻松轻松,去水库钓鱼,年轻的司机于是就把车开出来了。

开着开着,司机突然发现前面路中央走着一个乡下老头,是个驼背,腰弯得像张弓,以至于两只手必须背在后面,才能维持身体的平衡。司机见老头挡着路,便不停地"嘟嘟——嘟嘟——"按喇叭,那意思自然是再明白不过了,叫老头快让道呗。

老头年纪虽大,耳朵却不聋,听到喇叭声就转过身来,不过他没有让步,反而站定在路中央,朝司机招起手来。

司机不由冒了火：既然你耳朵不聋，干吗不让路？于是非但不减车速，还照直把车朝前开去。司机心说："哼，我倒要看看你这个糟老头子有多大能耐，车到跟前你总得给我让了吧？"

谁知老头依然不躲不闪，固执地站在那儿，这一来，车到老头跟前，司机不得不紧急刹车。"你干什么？"他从车窗里伸出头，气呼呼地朝老头吼道。

老头笑了，说："同志，让我搭个车吧，我腿脚不方便。"

"想得美！"司机朝老头眼一瞪，说，"你以为路上开的车都像你们乡下小拖儿一样可以随意搭乘的？哼！"

老头儿没计较司机的态度，手往前面一指，说："俺家就在那个村子后面不远，你把车开过那个村俺就下，保证不误你们公家事。俺腿脚真不行，你就让俺捎个脚吧？"

司机一时无语，就回头朝后座看。此刻，公司老总正眯着眼睛靠在后座上，像是睡着了，没吭声。

司机于是就转脸对老头说："老实告诉你吧，不是不让你搭车，我们有公事，我们车不去那儿。"

"不去？"老头看看司机，只好叹口气，摇着头，把路让开了。

司机于是一踏油门，车"呼"地就从老头身边开过去了，给老头撂下一溜的尘烟。可司机不但将车开过了那个村子，而且一路生风地继续朝前开去。司机心里一直在暗笑，为自己刚才能如此随机应变而洋洋自得。

不料此后不久，前面路上出现了一个岔道，笔直的公路突然在这里一分为二，一条路向南，一条路向北。到底是向北开还是向南开呢？司机傻了眼。

这时候，老总像是刚从瞌睡中醒来，动动嘴唇，吐出四个字："停车，问问。"

司机跳下车，四下一望，没有看到一个人，他急了，总不至于调转车头把车开回到那个村去问吧？

正在为难的时候,司机突然发现来路上有个人影在晃动,越走越近,越走越近。等这人走近了,司机也惊呆了!原来他发现,这个走近了的人,竟就是刚才那个要搭车的驼背老头,正弓着腰,背着两只手,一路挪着过来。司机很惊讶,这糟老头子怎么这么快就赶上来了?他不禁犹豫起来:去问他路吧,刚才分明是自己在糊弄他,他还肯说吗?可不问吧,眼下又看不到第二个人。

怎么办?年轻的司机搓着两只手,实在想不出还有什么更好的办法,只好挤出一脸笑,上去打招呼:"大爷,去水库……去水库走哪条路?"

驼背老头站定下来,满脸带笑地抬头看看司机。司机愣住了,吃不准老头为什么这么开心。他其实不知道,刚才他把老头撇下后没一会儿,后面来了辆小拖,把老头捎了来。

老头张着笑脸问司机:"你们去水库?"

见司机点头,他把手往南边那条路一指,说:"往南开,三十里路,没多会儿就到了。"

司机一听,说声"谢谢",就赶紧上车。

司机还没打转方向盘呢,靠在后座上打瞌睡的老总这时候突然就睁开一只眼睛,不动声色地透过车窗玻璃瞄了老头一眼,嘴角露出一丝不易察觉的冷笑。为什么?老总凭自己多年的经验断定,老头现在是在跟他们捣鬼。老头能不捣鬼吗?刚才没让他搭车,他心里会痛快?现在不跟他们玩把戏才怪哩!

老总相信自己的判断绝对不会错,于是便果断地向司机发出了"反捣鬼"指示:"不听他的,往北开!"

原来老总没睡着呀?司机瞅瞅车内的老总,又瞧瞧车外的老头,两只琉璃球一转:是呀,都说乡下人吝啬又尖刻,我们刚才糊弄过他,他会甘心认了?他现在变着法儿让我们走冤枉路,可要比骂我们痛快多了。司机认准老总的判断没错,便迅速调转车头,向北疾驶而去。透过反光镜,他看到那老头在后面朝他们又是摆手又是跺脚,不由得乐得开怀大笑。

老总这时候似乎完全睡醒过来,身子坐正了,眼睛也睁大了,捋着一头黑油油的亮发,呵呵笑道:"想跟我斗心眼?没门!"

就这样,司机将车"呼呼呼"地一直往北开下去,只见一路上风景越来越好,司机和老总的心情自然也就越来越得意。可是让他们万万想不到的是,开了将近四十分钟之后,他们的车不得不在一个山脚下的采石场旁边停下来——因为前面没有路了。

那些正在"叮叮当当"开石头的赤膊汉子们,一听他们是去水库的,哄然大笑:"你们方向反啦!"

"这怎么可能?"老总瞪大眼睛,怎么也不相信自己这回会在小泥沟里翻了船。

没别的办法,司机只好将车调头往回开。开啊开,又开了将近四十分钟,车子回到岔道口,那个驼背老头还站在那里。

显然,老头也认出了他们的车,他努力把腰挺直些,走上来对司机说:"嘿,都怨我人老不中用,没把话给你们说清楚,害你们跑了冤枉路。去水库一直往南走,看到一片竹林就到了。"

老总这时候忍不住从车里伸出头来,问:"你……没走?一直……一直在这儿等着?"

老头似乎有点不好意思,点点头说:"不等不放心啊!"

"就为了告诉我们这句话?"老总的脸色突然变了。

"是啊,是啊!"老头窘得手脚都不知往哪儿放了,"俺这儿人少,有时候大半天都不见一个人影儿。我怕你们找不到人问路,耽误公事。"老头说罢,朝他们摆摆手,这才背起双手,蹒跚着走了。

在老头的身后,年轻的司机和坐在车里的老总都愣住了……

(吴庆安)

(**题图**:魏忠善)